悦讀纪
ENJOY READING ERA
文化品位
优雅生活

—— 阅 读 改 变 未 来 ——

△ 躲猫猫

△ 海鸥和灯塔

△ 读书

△ 穿衣服

△ 麋鹿

△ 彩灯

△ 白色长裙

不动声色地
成／长

陆小墨 著
LU XIAO MO
WORKS

青岛出版社
QINGDAO PUBLISHING HOUSE

图书在版编目（ＣＩＰ）数据

不动声色地成长 / 陆小墨著. — 青岛：青岛出版社，2016.6
ISBN 978-7-5552-3736-5

Ⅰ. ①不… Ⅱ. ①陆… Ⅲ. ①散文集－中国－当代
Ⅳ. ①I267

中国版本图书馆CIP数据核字（2016）第057696号

书　　名　不动声色地成长
著　　者　陆小墨
出版发行　青岛出版社
社　　址　青岛市海尔路182号（266061）
本社网址　http://www.qdpub.com
邮购电话　010-85787680-8015　13335059110
　　　　　0532-85814750（传真）　0532-68068026
责任编辑　杨　琴
选题策划　杨　琴　张　博
封面设计　苏　涛
版式设计　刘丽霞
印　　刷　三河市南阳印刷有限公司
出版日期　2016年6月第1版　2016年6月第1次印刷
开　　本　32开（880mm×1230mm）
印　　张　8.5
字　　数　140千
书　　号　ISBN 978-7-5552-3736-5
定　　价　36.00元

编校质量、盗版监督服务电话　4006532017　0532-68068670
青岛版图书售后如发现质量问题，请寄回青岛出版社出版印务部调换。
电话：010-85787680-8015　0532-68068629

第一章 〈
**像一棵树，
不动声色地成长**

目 录
C O N T E N T S

第二章 ∧ 我很好，
舍得宠爱自己了

第三章 ∧ 生活没有对错，
只有是否快乐

第四章

夜深了，
别忘了回家的路

第一章 ∧

像一棵树，
不动声色地成长

- 对不起，我不是随便的人

- 你没实力，就别心存侥幸

- 如果不努力，谁又能帮你

- 谁说努力一定有用

- 你不是谁的英雄

- 你缺的不是努力，而是不放弃

- 为什么道理我都懂，却始终做不到

- 不是生活难过，而是你难过

- 承认自己的能力不够有多难

- 一个懒癌患者的自救

QUIETLY GROW

你这么年轻，何必羞于表达

初中时，我的闺蜜小林是个非常内向的人，她从不愿意在人多的时候说话，也从来不会主动在课堂上发言，有时被老师叫起来回答问题，她会羞红了脸，显得局促不安。

那时她就坐在我的后面，而我是个比较闹腾的家伙，每次课间休息都会转过头跟她讲话，聊各种有趣的事情。

大部分的时间都是我在说，她在听，有时候被我逗乐了，她也会有点夸张地笑出声，不过没多久她就会张望一下周边，担心自己的笑声会引起别人异样的眼光。

有次我们班级去野外烧烤，几个负责人去菜市场买了好多种肉回来，一群人都是食肉动物，开心得不得了。

我兴奋地跟小林说，终于可以开荤了，可是看到她的表情却不怎么自然。原来她并不吃猪肉，却也不是宗教的缘故，而是她小时候有次被杀猪的场景吓到，慢慢就不吃猪肉了。

我提议说，让他们几个负责人再加点蔬菜和鸡肉什么的，她却说不用了，省得麻烦别人。

结果，我从家里拿了一袋子的玉米，当时还被同学笑话说像《蜡笔小新》里那个"玉蜀黍"。直到今年同学聚会的时候，他们还会调侃地唤我"陆小新"。

我当场反驳说还不是因为小林不吃猪肉，你们一群大老爷们光顾着开荤了，也不照顾一下同学。他们很惊讶，说，当时不知道啊！

也对，毕竟并不是所有人都能懂你，你也不可能让那么多人都懂你。你不说，没人会知道，甚至有可能你说了，也很容易被别人忽略掉。生活那么忙，谁有空天天搭理你，你要是总把话憋在心里，就更没人管你了。

前段时间桃子遇到感情问题，我整晚整晚地陪她聊天。她说，那个男生一点也不懂她的心思，她白天工作很累，下班后就想休息一下，和他聊聊轻松开心的事情。

因为是异地恋，两个人通常只能通过电话来维系感情，有时候他也会来她所在的城市看她，但毕竟是少数情况。可他却总爱和她聊工作上的事情，问她老板人怎么样，同事是不是友善，她最近有什么工作规划。

每次她都不爱和他讨论这个话题，简单讲几句就换话题了。他还以为她在工作上遇到了不开心的事，不愿让他担心。

这种信息不对称让两个人都很累，特别是电话聊天看不到对方表情，他不知道她在想什么，她也会回避不想谈的话题。

我说，你就告诉他你工作没那么顺利呗，你最近被老板臭骂了一顿心情很不好，前段时间很喜欢的一个同事给你穿了小鞋，你可以跟他说说你的困惑和无助啊，干吗憋在心里呢？

她很难过，觉得这样说了会被他认为自己能力很弱，想当初他追她的时候就是因为她很独立很聪明，可现在他越来越比她厉害，让她有种配不上他的感觉。

我因为也认识那个男生，所以就和他聊到了这个事——估计靠桃子自己是走不出死胡同了，只能找个相对理性的。

桃子男朋友听完后简直哭笑不得，还说你们女生真奇怪，明明很软弱却很要强。想那么多干吗，不说出来他就不会知道，当初追她时说的理由不过是为了让她认为他是个有内涵的人，其实第一眼喜欢是因为她长得漂亮，后来爱她是因为她是她，好的坏的都是她呀！

我当时莫名被这句话感动到不行，回去后强烈谴责桃子糟蹋了大好青年！

后来她很甜蜜地告诉我，他们已经约法三章了。以后不要害怕自己会在这段关系中吃亏或受伤，有什么事一定要说出来，就算很严重的事也要两个人一起承担。

感情这种事，最怕藏着掖着，因为藏到后来就会变成隔阂。你连对最亲近的人都隐藏自己的小心思，最后很容易把彼此的关系逼到绝境。女孩们的"作功"很厉害，但男孩们的心思其实很单纯，说开了真的什么事都没有，想多了反而可怕。

更何况，在你爱的人面前，自尊心和骄傲根本不算什么。张爱玲说过，当你遇见他时，你变得很低很低，低进尘埃里去。你所有的骄傲，不过是因为不够爱他。

我小时候很羡慕那些活泼开朗的女生，因为她们总是能得到很多的关注，特别是对于自己喜欢的东西，她们能让别人清楚地知道。

我从小学一年级时就开始戴眼镜，小小个子，人又瘦又黄，不讨人喜欢。因为那时候戴眼镜的小孩很少，在我们那个学校就我一个，所以经常会有调皮捣蛋的男生开我玩笑。"四眼妹"这个绰号几乎伴随了我忧伤的小学生活，再加上后来我矫正牙齿，又被人戏谑为"牙套妹"。

女生都爱漂亮，这些绰号却一度让我陷入无比的自卑中，以至于当时我虽很喜欢一个男生，却不敢表达好感。

长大后，有次我们在班群里聊起小时候每个人的绰号，我的暴脾气一下子就上来了，谴责那些专门调皮捣蛋的人不该随便给女孩子取绰号。

他们很无辜，说只是好玩，没什么恶意啊。我说那要是我当时把你们打一顿，你们是不是就不会再叫我的绰号了？

他们笑说，那当然，估计会怕你但又欣赏你，俗话说"不打不相识"，你们女生小时候真是很好欺负，除了向老师告状，也没什么真本事。

不得不承认，这些都是实话。大多数女孩都比较怕表现自己的特殊。如果和男生打架，你就是"太妹"；如果上课太积极，你就会被戏称为"学霸"；如果穿着华丽精致，你又会被说成"花枝招展"。

我们是如何一步步沦为平淡无奇的？不过是因为我们害怕自己外表和思维的表达太过特殊，不想遭受到旁人异样的眼光，所以我们封闭自己的想法，套上丝巾，裹上小脚，故步自封。

可是，你越是害怕表现自己，机会就越不会降临到你的头上。

我小时候很喜欢跳舞，当时学校每年都会组织舞蹈队去其他学校参赛，我也加入了其中。因为是集体舞，每次都会选一个领舞的女孩，虽然我心里很想当，但每次老师说谁愿意试一试的时候，我总是不敢举手。

那时候矜持得很，总觉得自己如果跳得好，老师一定会选我的。就这样过了三年，我还是没能当上领舞者。为此，我还回家跟家人哭诉，觉得自己的才华被埋没了。

当时我妈告诉我的一句话，让我印象深刻。她说，如果你想要一样东西，你就得说出来，告诉你身边的人你喜欢它，想拥有它。如果你不说，没人会注意到你，更不可能把东西放到你面前。

的确，这个世界上比我厉害的人多的是，而当时那个舞蹈队也有几个女孩水平和我差不多，我唯一输在没表达自己上面。老师总是喜欢积极的人，她有那么多的学生，凭什么会关注到你，除非你表达自己，让她看到。

其实我不知道为什么，从小我就觉得一个人有欲望是件羞耻的事，所以开口表达就成了一件困难的事。可后来我慢慢明白，人并不可能没有欲望，如果你的欲望和现实不符就很容易造成自己心理上的压力。

后来我还是成了领舞，其实也没发生我想象中那样的情况，比如别人会说，你怎么那么爱表现自己、那么爱争爱抢、那么爱出风头等。

所有的这些话，好像都是我自己说给自己听的，反倒是别人可能会认为我真的很有实力，才会被选为新的领舞。

大多数时候，我们都是自己给了自己约束、给了自己规则、给了自己牢笼，然后颓然地把这种感觉当成是别人说的，最后失败也会觉得是因为别人。可真相是，自己才是罪魁祸首，结果怨不得别人。

一个我比较崇拜的学者跟我们讲过一段话，她说，在美国每个人都得说自己好，尤其是在讲述自己的paper（论文）时一定要把优点列出来。因为没有人会对你的东西进行夸赞，他们只会说你的paper哪里哪里不好，一直帮你找出问题，所以如果自己都不夸自己的话，那就没信心弄下去了。

她还说，羡慕我们国内的学者可以不用接受那么多的质疑和批判。不过，也正是因为这种反对声，让一个人敢于表达自己的思想，不断思考漏洞和不足，并且敢于在众人面前说出来。

我一直很喜欢"温水煮青蛙"的故事，然后警戒自己不要成为那只青蛙。如果我一直处在舒适而又不受伤害的环境里，那么我永远不会成长为我想要的模样。

所以，我需要跳出固定思维的牢笼（可能是自己圈的牢笼），敢于表达自己的需要，表达自己的渴望，表达自己的思考。有可能我眼中的爱表现，在别人看来只是觉得我有能力，既然如此，那么我就不能输给我自己。

更何况，就应该趁着年轻的时候好好表现自己，你不表现，机会便不会摆在你面前。当然，在表现自己之前，先储备好充足的实力。你要告诉自己，我需要活给自己看，然后成为一个生活得更精彩的自己。

少年，万千世界都需要你勇敢表达自己，世界那么大，你需要说出来，才会有人听得到。

对不起，我不是随便的人

我大一时的室友们是一群害羞的姑娘，大家从全国各地跑到最西边的花城，然后躲进了半山腰上的宿舍楼里。两个陕西姑娘，两个浙江妹子，就这样相遇在了一起。

嗯，初见时都是腼腆的女生，倒显得我有了几分男儿本色。于是，在相处几天之后的某个周末，我开约了一次聚会。

"我们这周末出去聚餐吧，顺便聊聊天。"

"可以呀。""我OK。""好的。"

"那你们想去哪里？想吃什么？"

统一回答："随便呀。"

那一次聚餐，我们真的跑去"堕落街"很随便地找了一家店，因为大家互相也不清楚彼此的口味和喜好，点菜的时候一直选不好吃什么，问一个人说"都可以"，问另一个人说"随意啦"，再问另一个人说"我不挑的"。

于是我就硬着头皮点单：油爆虾、辣炒鸡丁、日本豆腐、地三鲜，还有一道菜汤。这是比较常见的几道菜，因为考虑到有吃辣的和完全不能吃辣的，所以掺杂了一些菜式。

吃饭的时候，我们聊得很开心，聊起家乡，聊起新环境，聊起八卦。嗯，女孩之间的聊天永远少不了八卦，谁和谁的话题远比你今天吃了什么来得好奇和重要。

可吃的时候并不是所有人都开心。

随着相处的时间久了，感情的增进，我们慢慢发现了彼此的喜好，才知道，原来H小姐是不吃葱的，D小姐不爱吃豆腐，L小姐不喜欢油腻和辣的，因为她经常长痘。

了解之后才惊觉，原来一开始的那顿饭吃喝聊天都爽快的人竟然是我。

我高中时有一帮很要好的闺蜜，平时我们也是经常出去聚餐。现在回想起来，那时候点餐好像一点也不用纠结，因为我们四个人里有两个活宝。

豆豆是个古灵精怪的少女（对，你没听错，这都是八年前的事了），她又比我小两岁，自然是青春活泼美少女一枚，而叶子是一个潇洒独立的女生，两个人在一起时总是能蹦跶出各种鬼点子。

我和胖胖就不一样了。我们两个因为性格特别随和，所以在做决定的时候往往也没有自己的主见，例如午餐吃什么、K歌点什么曲、买衣服挑什么款，通通都随便。

这也一度让我的高中生活单调而无趣，幸好有两个那么可爱的女生，给我的高中生活带来了一些色彩。你看，五花肉要裹生菜才好吃，钥匙串上挂小泰迪玩偶最有趣了，要挑好看的笔芯，写字心情才会好。

她们仿佛是落入凡间的精灵，告诉我什么是美，什么是个性，什么是女孩独有的魅力。

虽然说平平凡凡才是真，可是这平淡随意的人生格调背后，有没有人想过，我是不是因为不想做决定、不想惹是非、不想表达自己，甚至不想动脑子思考，才这样随意的呢？

我细细想了想，发现不光是以前的自己，现在我身边的很多人都是这样：一遇到出去聚餐，大家都会说，随便吃什么都可以；一遇到出去K歌，你帮我随便点一首；一遇到逛街，随便哪件都好看。

为什么大家都变成了这么随便的人呢？

我先深刻思考了以前的自己，发现原因其实很简单。

一是，我想给不熟悉的人留下良好的第一印象，一下子暴露个人的喜好显得自己很挑剔。

二是，因为自己不清楚对方的喜好，因为要照顾到对方，我不能先表达自己。

三是，其实我以前真的也不是很了解自己到底喜欢什么，没有很清晰的自我喜好定位。

四是，害怕承担决策背后的风险，比如点的菜不好吃，点的歌年代太久远，出去旅游选的地方不好玩。这会慢慢让人变得用"随便"来逃避做出选择和决策。

五是，我懒得去思考吃喝玩乐这种问题。

我以前还一直以为自己特别会照顾人，你看，我什么都依你，这不是给了你最大的照顾吗？可是我没意识到的是，有时候被动也是一种不照顾人的表现。

因为如果我们在一段关系里永远只处于被动状态，那么双方都不太可能获得100%的满足感。特别是，当你们两个都是被动的人，相处到最后很容易会被彼此判定为不合适，不光是情侣，朋友之间也一样。

之前我看到过一篇文章，讲述的是跨国渠道合作关系中领导方式的选择，里面有提到这样的一个理念：如果你的下属的文化背景更偏向于个人主义，那么他会对不确定性产生很强的规避心理，认为权力等级分明，那么你选择的应该是指令式的领导方式；反之，则选择参与式的领导方式。

于是我就在想，如果我接触的是个性化的人，或是年纪和身份上优于我的人，或是喜欢尝试新鲜东西爱冒险的人，或是比较强势的人，那么我可以说随便，因为这样可以缩短我的思考过程，我跟着他们的节奏就好。

但如果我遇到的是和我以前一样想法的人，我就不该再为保留好印象而矜持，应该主动提出选项，让对方筛选，这样彼此就不会觉得尴尬和不舒服。因为对有些人来说，做决定比选择更困难。

前几天和室友聊起旅行，我说一个人去广州玩得很爽。对吃货的我来说，别跟我谈什么广州的越秀公园，我愿意一整天泡在步行街找能吃到美食的店。

于是室友就说起她和一个夏令营认识的女生一起去广州玩，特别遗憾的是，玩得一点也不爽快。

我说，你不是吃货吗，广州美食很多啊。

她说，因为那个女生和她都是比较随意的人，两个人也不知道该去什么地方，一人一句"都可以"，结果听了旁人的推荐去了一处一点也不好玩的公园。她也不好意思开口说想去淘好吃的店，毕竟两人也不是很熟悉。

旅途中最考验两个人的磨合度，而旅行也是最能加深两人关系的方式。如果这时候有一方可以主动选择一个方向，另一方温和派的人反而会觉得舒心。

别觉得你给了别人全部的选择权是一种照顾人的表现，有时候给部分的选择权才是最照顾人的方式。如果再考虑到对方有可能因为懒惰而不想思考，那就可以给选项。

所以，现在我再遇到"随便人"，我不会问他喜欢吃什么（因为他肯定回答"都可以"），我首先会问，火锅、炒菜、西餐、日本料理和韩国料理你喜欢哪一个？在他选择大方向后，再问，你有什么忌口吗？

我们在生活中往往不愿意做开放性的试题，但是选择题还是相对简单的，这也可以避免因为没话题而产生尴尬。说不定，一个选择题就打开了话匣子。

当然，如果你能成为不那么随便的人，也许我会更欣赏你。

因为这样的你，让人觉得很有魅力。你有自己喜欢的美食，你有自己偏爱的旅游方式，你也有自己独特的看法，你不再随波逐流选择别人都可以的东西，你有自己钟爱的服装品牌，你也有自己的小脾气。

这样的你，即使不能让所有人都喜欢，但你做到了让喜欢你的人得到了最大限度的满足和舒适。这样的你，独一无二，无可替代，不再是"随便人"。

我在努力成为这样的人。

你没实力，就别心存侥幸

我大二那年参加了一个歌唱比赛。因为平常自己喜欢瞎哼哼，也喜欢写词，我一度被寝室里的人封为"歌神"。然后有次被室友一撺掇，我就兴冲冲地跑去参赛。

当时初赛地点是在食堂门口临时搭建的舞台上，一张红地毯铺就一时殊荣，台下是绿油油的一丛板凳。傍晚天暗下来，吃饱喝足的人聚集过来，主持人开始调动气氛。

站在台下的我那叫一个忐忑。

原因有三：一是，我虽然唱歌不算五音不全，但经常会跑调；二是，我选的曲子高音部分很多，我一紧张就容易唱破音；三是，我压根没有完全把歌词背下来。

但因为抽签抽得很"好"，没过十分钟就轮到我上台，于是我只能硬着头皮往上冲，笑得满脸僵硬，以至于第一句歌词都忘了。

我清楚地记得，那整场比赛除了高潮部分我唱出了正确的歌词，其他都是自己随口瞎编的，唱得含含糊糊，不清不楚。望着台下密密麻麻的人头，我真想直接钻进地洞溜走。

其实上台前我还安慰自己，也许比赛前会紧张容易忘词，一上台可能就不紧张了，然后歌词全都记得，顺顺利利演唱完。我自然是不求有很好的成绩，只是想去试试。

结果，现实硬生生给了我一个耳光。

从那以后我就很少会幻想自己可以去参加歌唱比赛，虽然还是经常在寝室亮一把嗓子，有时和好友出去K歌也是麦霸，每首歌都爱唱上几句，有跑调的地方也不在意，但真的意识到，自己在唱歌方面实力不足。

纯粹是自娱自乐，也没花心思去研究哪个转音怎么唱、哪段情绪怎么表达、哪个高音怎么掌控，甚至连歌词都没认真背，这样的状态是不可能会有好的结果的，可我却不停地安慰自己，也许会记得歌词，也许能唱得好，也许台下掌声雷动，也许……

"也许"明明是个概率事件，我却把它当成确定会发生的事件。当我总是抱着也许的心态去面对每一件事情时，我心里自然是少了底气，大多时候是碰运气的。而这种碰运气产生的好结果发生得多了，心里会莫名发虚。因为好运气总会到头，最后肯定会摔得很惨。

我记得高三那年迷恋小说，在大家都努力学习、奋笔疾书的时候，我也在挑灯夜读，每晚看小说到凌晨一两点。这也一度导致我上课精神不佳，反应跟不上老师的节奏。

那时候每周末各科老师都会布置很多作业，我本来物理就学不好，做试卷总会空出一大片。邻座男生两三个小时搞定一张物理试卷，我往往则需要五六个小时，以至于后来我干脆直接不做题，到周日回学校就开始抱大腿抄作业。

高考前几个月的模拟考试，我还能勉强考到班级中等水平。于是有点小窃喜，原来自己还是很聪明的，不用那么努力付出还能得到一个还算不错的成绩。可运气并不会总眷顾你，特别是当你已经没有任何实力和底气可以拿出来用的时候，你就很容易跌入深渊，再难上岸。

所以，高考那年运气不好，我考了班级倒数第一。我却从来不肯承认的是，我不过是因为自己实力不够，而并非嘴上安慰自己的运气不好，发挥不好，老师出的题太难。

明明只有厚积才能薄发，哪有薄积厚发的道理？实力都是平时一点点累积起来的，而不是靠临场发挥，抱着侥幸心理就能有你预期的效果的。天才都说成功是99%的汗水加上1%的运气，那时候的我却往往幻想自己可以反过来过日子。

上大学以后，我开始慢慢学会反思。每当我遇到考前没把握的时候，我的考试成绩就一定不会如意。而每次我比赛前如果心情忐忑，也一定不会有好结果。

当我渐渐发现这个规律后，我就开始实实在在地去努力。我不再奢望自己会被天上掉下的馅饼砸中，也不再幻想韩剧里的欧巴会喜欢我，更不会觉得自己天生就是公主命（实际上是丫鬟命）。世界很公平，当你自己不够格的时候，没有人会给你幻想的可能。

前一段时间股市暴跌，Z先生亏了七八十万，十几年好不容易积攒起来的血汗钱全部打了水漂。Z先生和我那些三姑六婆一样，自己有点闲钱想搞投资，看着大家在股市都赚了钱，心痒痒就钻了进去，结果还没等自己琢磨透股市的行情，便遭遇了不幸。

我问他，你难道没听人说股市有风险，入行须谨慎吗？更何况，对于股市，你根本就是门外汉，不了解清楚怎么就满脑子想赚别人的钱呢？

他说，别人都能赚钱，我怎么就不能赚钱了？何况我也是很有头脑的。

是，大家都在股市里赚钱，所以你觉得自己肯定也能赚钱；大家都在搞创业，所以你觉得自己也能搞企业；大家都在写文章，所以你觉得自己也能出一本书；大家都在讲互联网思维，所以你觉得自己也很懂互联网。

可你根本就没有了解过股市的行情，也不知道自己投资的公司经营状况如何、财务现金流有没有断裂、企业前景好不好，你就只听了身边的人说了几句这个股票好，就一股脑投了进去，还幻想自己明天就能赚个十几万，这和躺在床上做白日梦有什么差别？

当我们几个好友一度对未来迷茫到不行的时候，闺蜜H小姐是最淡定的人。她平常就是很有主见和想法的人，对任何事情都会先了解情况，再做出判断。

有次她生了一场大病，身边的人都束手无策，除了让医生看病，就再也不知道做什么。她没有自怨自艾，而是不停地查相关的资料，在听从医生建议的基础上，把网上很多关于这个病的资料都搜集起来，筛选掉无用信息，形成自己的一套治疗方案。坚持了三个月之后，她就已经恢复得差不多了。

我有时候在面对一个困难时，总会跟自己说明天会好的，面包会有的，好工作也会有的。H小姐就会骂我，你天天想着安慰自己会好起来，等到时间一天天过去，你就等着哭吧。

她还说，她要是那时候生病只安慰自己会好起来的话，那治愈可能要等到一年以后，甚至更久，因为她并不能自己掌控病情，而是要靠她自己都不熟悉的医生。虽然医生一定比她懂得更多医学知识，可谁知道他是不是个厉害的医生呢？更何况现在是个良莠不齐的时代，她不敢存有侥幸心理。

所以，她会不断告诫我，不要总是对未知的事情抱有太多的幻想，要学会去认证、去思考、去掌握一切有效信息，然后做出判断，形成自己的看法。如果不对一件事情抱有充足的准备，那就不要轻易投入进去。

我现在每次回想起自己以前说过的"也许""应该""可能"或是"说不定"这些词，就觉得很恐慌。我想了想缘由，有三个：一是因为我一说这些词，就意味着我对自己能不能做好这件事很不确定；二是我自然而然给了自己一个心理暗示，也许结果很好，说不定就成功了，这种暗示让我不断产生侥幸心理，可以逃避大把时间的付出和努力，产生精神上的意淫成功；三是我可以规避不良后果带来的痛苦，为自己的不努力和没实力找借口，因为这是个概率事件嘛，总有好的坏的。

我们很容易对不好的结果产生逃避心理，而对好的事情产生积极态度。那么，当我们在抱着侥幸心理遇到好结果时，这个讯号就会告诉我们，你看，我没准备好都能得到好结果，下次也不用那么辛苦花一整天的时间写文案了。所以，等到下次，你就会花更少的时间。

如果侥幸心理遇到坏结果，自己也会安慰自己，要不是我运气不好抽到第一号，我肯定会有很好的面试结果。但是这个坏结果会让你慢慢失去兴趣，你会把原因怪罪到运气上，而不是你自己本身。

这就形成了一个恶性循环。

以前我一直相信一句话：如果你没有做好充足的准备，结果80%不会如你所愿；但如果你提前做好了充足的准备，只需要20%的运气你就能达到目标。

运气是上天赐予的，它厚不厚爱你也许还看颜值，可你厚不厚爱你自己，就看实力了。当你对一件事情没把握的时候，就千万不要抱有侥幸心理，因为到头来苦的还是你自己。

嗯，因为我曾经深受其害。

我在武汉一年的时间里，总共去了三次医院。

1.

第一次是去年冬天，我一个人跑去医院看胃病。早上七点多坐402路公交到了医院，办卡、充值、挂号，前面专家门诊处排起了长队，我在候诊大厅里盯着叫号大屏幕发呆。

大厅里有三大排铁椅，密密麻麻坐满了人：有几岁大的孩童，嘤嘤嘤地哭个不停；有脸色发黄的妇女，身体虚弱地靠在丈夫身上；也有一对白发苍苍的老人，相互搀扶，双手和唇角微微发颤……

也许是起了个早，一帮人靠在椅子上小睡。大厅里熙熙攘攘，发音标准的女声不停在耳边响起，有点聒噪。

我没有想到，这么多的人患有胃病。

轮到我的时候已经临近九点半，这期间我一直盯着大屏幕看，却发现我预约的那个医生看病的速度特别慢。问了旁人才知道，后面有好几个人直接进去找医生了，于是屏幕就始终停在了一个病患的诊治阶段。我排号第九，却等了一个半小时。

诊疗室里聚满了人，医生简单地问了我哪里不舒服，我说肚子有点胀，一直打空嗝，已经一个星期了，很不舒服。她按了一下我的胃部，抬头看了我一眼说，这样也看不出来，你要实在不舒服就先做个胃镜诊断一下病因吧。

我心里顿时咯噔一下，听身边人讲过做胃镜的可怕，但为了能检查出病因，我只能硬着头皮上。医生问我做无痛胃镜还是普通胃镜，我问价格差多少。她说，无痛的一千多，普通的几百。学校没有报销，咬咬牙我就选了普通的。于是医生开出了单子，让我赶紧去做，说做胃镜的人很多，怕来不及。

医院有点大，外加我第一次来不熟悉，我磕磕碰碰地在路上不断问人，这个扣费是在哪里，血常规检查在哪里，乙肝检测是哪个地方，胃镜室是几楼。

从三楼跑到一楼付费，再从一楼跑到二楼做血液和乙肝检查，再从二楼跑到三楼肠胃科，护士说，胃镜室在顶楼，现在都十点半了，你赶紧去。

我手忙脚乱地拿着各种付费单和检查单赶到顶楼，然后被安排在外面等叫号。身边不断有脸色发白伴着干呕的人经过。

等候中的一个妇女聊起闲话，抱怨现在生病的人越来越多，医院看病也越来越麻烦，一进医院就是各种检查。"如果检查完了能治好也就算了，"她有点懊恼，"我今年都来了三回了。"

护士喊到我，递给我和另外一个中年男人一瓶药剂，让我们立即喝下去。我其实到现在都不知道那是什么药剂，只知道喝下去后很想干呕，非常难受。有人说，估计是润滑的，让粗杆子仪器进入身体后可以不伤到器官。

然后我等在外面，脚上套了塑料袋。听着进去的人在里面不停地呕吐，我无比希望那一刻能有个人让我抓着，所有的委屈瞬间随眼泪倾泻而出。

如果我有认识的人在这医院就好了，如果我没离家父母就能陪我看病了，如果朋友有空能陪我来看病就好了，如果我自己经济独立了就能承担起无痛胃镜的费用了，如果我小时候能养成吃早餐的习惯就好了，如果我能再努力一点就不会这么惨了。

人似乎在无助的时候往往会泛起内心的柔软，在身体受到伤害的时候容易意识到自己的渺小和软弱。你所有伪装的坚强，往往在病痛面前不堪一击。而你所有的努力和拼搏，也只是想让自己少受一点委屈。你想让世界注意到你，哪怕只是一瞬间的关心。

后来医生说我患的是胃窦炎，配了一大堆胃药，叮嘱说多喝水，注意饮食。我从此就戒掉了喜欢了近十年的白巧克力和咖啡，不再每日熬夜，宁可早上五点多起来。

知道了哪些食物是偏寒的，哪些食物是暖胃的。吃饭要细嚼慢咽，不能吃太多难消化的豆制品，少吃油炸辛辣的，饭前喝汤，饭后不饮水。在家里跟老妈学煲汤，不再排斥早上喝粥，自己在寝室也会经常煮小米粥，无论再忙也一定按时吃饭。

你要努力照顾好自己，然后才能照顾别人。

2.

第二次是今年五月，牙疼了一个多星期，实在忍不住就去了口腔医院。医生说，你这颗牙完全坏死了，做根管治疗吧。

我平生最怕治牙，总觉得有机器在嘴巴里磨刀子让人发怵，嗞嗞声响起来，心里就莫名紧张。没办法，我还是去了，乘电梯上了七楼，等在外面。

口腔医院的收费一直都很高，不过服务真的很好，医生和护士的态度也比其他医院好很多。光挂号和问诊，就没再像之前的医院那样跑了大半个小时才办完看病手续，几分钟后我就直接躺在了治疗椅上。

来来回回去了三次，每次就诊时间不会超过两个小时，一套手续流程都很快，治疗的时候也没想象中那么疼。不过，这一颗牙的诊疗费，花了我一个月的生活费。

第三次是昨天，早上六点多醒来我就开始忙活，叫醒熟睡的室友一起去自习。她醒来后没过一会儿身体就开始不适，脸色惨白，全身冰冷，喝了热水之后还直接跑到厕所吐了。我陪她去了附近的医院，以为是急性肠胃炎，就挂了内科。

因为第一次去那个医院，又是不熟悉的流程（好吧，我承认武汉的医院实在是多，每个医院的流程和科室设置也都不一样），于是我又开始经历第一次的重复奔波。

早上八点左右医院里就人满为患，医生问了一些基本病况，按了一下室友的肚子，说先去做个血液和尿液检查，再去做个腹部B

超。因为室友疼得实在走不动，我就让她在一边找位子坐下，然后自己去服务台问就诊流程。

血常规的检查在二楼，但必须先拿着医生开的单子去排队付费，付完费后去排号。一开始不知道血液检查还有两种，一个是深化，一个是普通，分别在不同的地方做。

我逮住一个护士问单子上的这项检查在哪里做，她指了一个地方，让我去那里排号等位，被叫到号后，抽血员说我这个检查是在旁边抽。好不容易排完队抽完血后，问尿液检查在哪里，说是在另一边，然后我继续挽着疼痛不已的室友走到那里。

这期间，因为医院里的人实在太多，走廊的座位都坐满了，很多人甚至席地而坐。室友很多次都直接蹲在地上，长发盖住了紧缩的眉头，苍白写在脸上，很是痛苦。我说，这样不行，我们还是先下去找内科医生打一针止痛药吧，没等你做完这些检查发现病症，你就疼晕过去了。

于是，我们去找内科医生，去一楼西药房取止痛药，去二楼注射室打针。检查还没做完一半，时间已经过去了两个小时。本来以为止痛药至少能缓解一下，然而并没有什么用，她还是疼得很厉害。

那个瞬间，我是真的很想骂人，这么大一个医院，兜兜转转把很多地方都走遍了，辗转了不知道多少个医生，只是肚子疼痛，有那么难治吗？！

医生说，止痛药没有那么快见效。医生说，没有做完检查，我也不能诊断你到底为什么肚子痛呀！

我知道他说得很有道理，可大道理并不能解决实际问题。

打完针休息了一下，室友说我们还是去检查吧，再晚就下班了。然后我们去了五楼做彩超，付费取号后排队等待。这期间我也只能陪在她身边，等时间一分一秒过去，等大屏幕上的姓名赶紧跳动，等广播里的女声呼叫42号。

结果出来后，内科医生看了一眼说，你们还是去外科看看，有可能是其他病症。然后我们又重新挂号去了外科，医生说有可能是这个病症，先给你打吊针缓解一下疼痛吧。明天你再来复诊，看看情况。然后皮试、取药、挂吊瓶，她躺在病床上睡着了，时钟走到了下午一点。

3.

医院里的人来来往往，没有人开怀大笑，来看病的人都是忧心忡忡的。偶尔有护士之间的嬉戏打闹，她们聊起昨天买的新包和新衣服，也有年轻的男医生插进话来说起相亲的事。

排队的时候遇到过一个强行插队的妇女，我低声说了句"不好意思，请您排队"，她没搭理，一脸的理直气壮。

也在外科看到过满身血迹的醉汉，因为疼痛不已而嘶吼狂叫。有小男孩因为害怕打针，不停哭号，其父亲在一旁劝解，但他还是抵不过内心对疼痛的恐惧。也有因为意外车祸紧急送过来的人，中年男子在一旁求医生再抢救一下，躺着的人一边是父亲，一边是母亲。

每天上演的悲欢离合，有多少是不可言说的撕心裂肺。

而我们却活得那么渺小。医生很努力地从鬼门关拉回一些人，但也习惯了这一场场的生离死别。这种从悲痛到悲伤再到淡漠的心理历程，演变到最后就成了习惯。这习惯多可怕。

好在室友的病情有所好转，一切又仿佛好了起来。

人们照样吃归吃，喝归喝，玩归玩，睡归睡，痛苦的记忆被掩埋在地里，最好转身就能甩掉这一阵子的坏运气；又开始聊起衣服，聊起电影，聊起桃色新闻，仿佛不曾发生过那样的疼痛，不曾见过那样崩溃的场面。

只是，在夜深人静的时候，会聊起生命中最脆弱的时刻，然后三个姑娘隔着黑夜互相问：我们为什么要写paper，为什么要打扮自己，为什么要金钱和地位，为什么要学会那些人际交往，为什么要在酒桌上逞英雄，然后假装自己是打不死的"小强"，我们为什么要努力？

为了能顺利毕业，为了能买漂亮衣服图自己高兴，为了能在职场上有一席之地，为了让自己的业绩更好，为了能有一个幸福、快乐、美满的生活。

可这，本身就是个假命题。

世上本没有美满，再完美的人生也有苦难。你在羡慕别人的幸福生活，也许他也在羡慕你的幸福生活。我现在还是没能想清楚自己为什么要努力，可越靠近生活的本质，就越发能激起我拼搏的动力。

也许只是为了生病的时候没那么可怜，可以承受起昂贵的医疗费；为了年老的时候没那么可悲，不需要麻烦子女，还能靠自己生活；为了孩子能够享受诗和远方，可以有梦想，不用考虑现实；为了遇见一个相知相爱的人，可以让彼此成为更好的人。

我很喜欢罗素写的那篇《我为何而生》，他认为对爱情的渴望、对知识的追求、对人类苦难不可遏制的同情，是支配他一生的单纯而强烈的感情。

爱情让他体验美好，知识让他探究人类的心灵和万物的变化，而对苦难的同情却是他一生也解决不了的无奈，并且他深受其痛苦。可他还是尽自己的微薄之力去减轻这种痛苦，虽然总有失败，但这一生依旧值得再活一次。

时刻保持对这个世界和对自己的怜悯心，认真看清生活不断为你揭开来的一层层委屈和苦痛，然后轻轻告诉自己，你要努力让自己变得更好，让身边的人过得更好。

你可以向现实低头，可以点头哈腰，也可以承受胯下之辱，但你不可以趴在地上跪舔，因为你要让自己相信总有一天你能站起来，再看看这个理想世界的美好，然后开始追梦。

我的所有努力，都只是为了更好地维护心中的理想世界。于是累了的时候可以稍作休息，喘息过后怀揣着一颗真挚之心继续走在布满荆棘的道路上。

因为我知道，如果不努力，没有人能帮我。

前段时间G先生问我，小墨，如果你高考没考好到了重庆工商大学，然后被迫调剂到了一个高中时考试从未及格的专业，在这个专业尽全力每学期"飘过"，挣扎着还是挂了一科，然后又挣扎着补过，突然发现手贱，毕业设计又选到这坑爹的题目，感觉毕业无望，不知道未来的路在哪儿，你会怎么做？

我当时的第一想法是，不会那么凑巧吧，上帝是不是忘记给你开天窗了？

然后我码了一大堆的字回复他，大意就是你是不是还不够努力。

他回复说：我觉得我每学期都尽力了，我想我应该是没有做到最好，每次考试结束后，我心里都觉得我还可以做得更好。

这下我就有点汗颜，觉得挺对不住他的。不过当时这个话题很快就被我遗忘了，因为我一时好像也找不到问题在哪里。

后来有次我在后台和L小姐聊天，聊起早起计划，她说自己有很多的兴趣，想要好好捡起来，学习感兴趣的东西。我说我也有很多兴趣，但坚持下来的没几样。

我突然就想起来，G先生是不是因为努力错了方向，没有选择感兴趣的事情，所以才会这么痛苦？

　　于是我又仔细看了一遍他说的话。假设"他很努力"这个命题成立，先撇开高考没考好这个问题，假设他努力的起点是大学，他被迫调剂到不擅长的专业，那他对这个专业肯定不会产生很大的兴趣，动力不足，努力坚持了收效也似乎甚微。

　　就像他说的，努力每学期"飘过"，还是挂了科，最后努力补过，又遇到毕业设计的问题。所以说，光是努力也不够，还真的要有20%的运气，才更轻松。

　　但是，换个角度想，如果一开始不努力，G先生可能会挂更多的科目，他之后需要付出更多来弥补。为了拿到毕业证，他说不定需要去求老师，去找关系放行，然后大四的时候忙得焦头烂额，肯定会比现在更痛苦。

　　所以说，努力是有用的，但要用对地方。

　　说到这里，我们自然而然就会联想到，是不是应该把努力用在感兴趣的事情上，才会事半功倍呢？G先生不就是因为不感兴趣，才会努力那么久都觉得效果不理想吗？

　　先别急，很多人看到"事半功倍"这个词就会很开心——哇，又有一条捷径可以走了。我也一样，多年来被人洗脑说，你要坚持做自己喜欢的事情，把自己热爱的东西当成事业去做，才会成功。

　　就像乔布斯说的那样："The only way to do great work is to love what you do, keeping looking, and don't settle."（把工作做到极致的唯一方法就是热爱你所做的事情。没有找到之前，不要凑合。）

不过前段时间我又仔细看了一遍《乔布斯传》，发现乔布斯也并不是一开始就喜欢高科技和创业，他喜欢艺术，甚至跑去修行，而当初放弃学业纯粹是经济的原因，并不是完全为了追求自己喜欢做的事。

他年轻时很迷茫，也一度靠吸食迷幻药生活，以期追求精神上的解脱。他后来涉足电子行业也是因为在这个领域看到商机，然后说服Wozniak（沃兹尼亚克）设计大众喜欢的电脑电路板，卖给当地发烧友。

所以，在我看来，乔布斯并不像Wozniak一样因为天生的秉赋而喜欢电子行业，他是在金钱短暂刺激下产生对电子行业的兴趣，从而坚持喜欢下去，一步步更加热爱自己的工作。

然后他成功逆袭了，成为众人心目中的榜样，所有人都把他的话当成"圣经"。如果热爱一件事，甚至为此可以放弃学业，专心投入到自己热爱的事业中，那一定就会成为像他一样厉害的人物。

可是，不一样。

你所相信的结论是：如果你做自己喜欢的事，你就会成功。但这个结论也可能是这样的：如果你很成功，你就会喜欢自己做的事，你只是喜欢成功本身，然后每个人都喜欢你。

那么这两个结论到底哪个对哪个错？我先来分析一下自己。

我是个兴趣特别广泛的人，小时候喜欢舞蹈，喜欢打乒乓球，喜欢音乐。初中喜欢上了文学，喜欢英语和数学。上了高中后继续喜欢文学，喜欢英语，还喜欢历史。大学以后喜欢电影，喜欢旅行，喜欢摄影。

然后我现在喜欢健身，喜欢美食，还有文学，当然我也喜欢营销。

我的兴趣爱好那么多，应该拿哪一个作为以后的工作方向呢？我一度也困惑到不行。不过，如果你认真看我的兴趣点，你就会发现，有几个是共通的。

首先，我初中和高中都很喜欢文学，因为那时候我的语文老师都很有才华，也都很鼓励我多看名著，偶尔我写点文字给他们看，他们会夸赞我写得好。高中那会儿老师甚至还给班上的同学人手一份，欣赏我的文章。

于是，我自信心爆棚，就更加喜欢文字了。

但我想说的是，我在小学时是个野孩子，不爱看书，不爱做作业，一天到晚除了跳皮筋就是看电视，所以后来想起来全是因为语文老师的一句话："你写得不错呀！"就把文学当作了一辈子的兴趣。

接着我想说说英语和数学。我初中那会儿也很喜欢这两门，甚至每次考试成绩都在班里名列前茅。上了高中后，英语还是很好，数学却不行了，以至于高考考得很差，而大学那会儿把英语给荒废了，就再也对它提不起兴趣。

从那以后，我所感兴趣的两门学科转而成了我现在的心病。

所以，总结下来，关于兴趣有以下三个注意点：

第一，兴趣很难优先排序。我也不知道我是喜欢文学多一点，还是喜欢健身多一点，还是喜欢美食多一点，还是喜欢营销多一点。

第二，每个阶段都会产生不同的兴趣。小时候喜欢的，长大后不一定喜欢，现在喜欢的，以后也不一定喜欢。

第三，我对自己感兴趣的事情并不一定就擅长。就像我对音乐真的很感兴趣，可是我的嗓子并不适合唱歌，所以我不能奢望像李健那样做一个音乐诗人。

看到这里，你一定会想，这不是在讲努力不一定有用吗，怎么又扯到兴趣上去了？既然扯到兴趣，为什么又说兴趣其实也没用？

嗯，我想说的就是，努力不一定有用，而兴趣也不一定就是成功之母。如果你想让这两个都产生效果的话，其实是需要一定条件的。要不然就会出现自己努力了，也在做感兴趣的事，可还是觉得很痛苦的状况。

我们来做个游戏。

假设我的人生是一张白纸，有七种颜色（没有兴趣点）。我即将画一幅画。当我下意识画下第一笔绿色的时候（先天的兴趣点），有个声音说，你画的这个颜色真好看（产生后天的兴趣点）。

于是，我会在接下来的涂描中，用到很多的绿色（把兴趣点付诸行动）。也许是一片草地，也许是一片丛林。

然后我很努力并且坚持在白纸上用各种颜色图画，这个过程中出现过困难，我坚持了一段时间后（努力坚持），有人夸我"你干得不错，接着画"（需求满足）。最后，我终于完成了我人生的画稿。

（认知层面）　　　　（行动层面）　　　　（夸赞、金钱）

产生兴趣 ⟶ 实践 —努力 坚持→ 需求满足

┼ 积极正循环

擅长（能力）

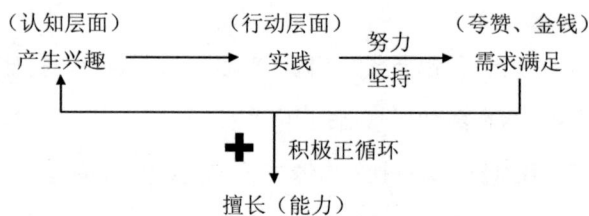

上面是我画的逻辑图，我就拿我自己来举例。

首先，兴趣的产生分为两种。第一种是先天的，你一接触就会被人夸赞，这是天赋。但反正我是没有，反倒是我妹妹有画画的天赋。第二种是后天外界刺激的，比方说我的第一篇文章是被我语文老师认可了。

兴趣产生之后，我就开始创作，这是从认知层面到了行动层面，这个过程需要我们去做，而不是单单感兴趣。

但兴趣是很容易被激发的，只要有短暂的一个需求（别人夸几句）被满足，就能马上出来一个新的兴趣。这时候你需要选择，选择自己可以在满足自身需求的同时，也为别人创造价值。

为他人创造价值的兴趣点，才是你的撒手锏。

我在写了好几篇文章之后，发现原来有好几个人喜欢看我写的东西，其中也有人说我的文字能够帮到他们。所以我就很开心，这是需求被满足的过程，同时我也为一些人创造了价值。

然后，我就更加投入时间去创作，但是值得注意的是，创作会出现瓶颈期。前段时间我一直写不出文章，不过有人会鼓励我，让我多看书，多和人交谈，多出去走走。

这就是坚持和努力的过程。你需要利用一切方法去寻找坚持下去的理由，并努力创作出好的文章。最后自然而然就会有积极的效果，然后形成良性循环，把兴趣变成你擅长的能力。

我记得以前我总是把兴趣和能力混为一谈，写简历时也经常把兴趣和擅长写成一样的（有多少人和我一样，举个爪），可它们两个相差十万八千里，隔着一个银河系呢!

以上是积极的循环，但只要里面的某个部分发生断裂，你自然就走不下去，然后开始抱怨鸡汤没用，努力没用，感兴趣没用。

重要的不是有没有用，而是问问自己有没有独立思考问题，有没有用对地方。

我很感谢身边有那些思想独立的人在不断点醒我，你不能只看别人的评论、别人的话语、别人的思想。你是你，你要形成自己的思想。

所以，努力到底有没有用，这个话题交给你自己。因为以上只是我的思考。

你不是谁的英雄

1.

在Quora上总能看到年轻人问一大堆寻求解决方案的问题，例如如何更好地管理时间，如何让自己变得更优秀，如何改变拖延的坏习惯。当然知乎上也有很多类似的问题，虽然有那么多人都在问，也有那么多人认真在回答，但真正能让人记住的东西真不多。因为那毕竟是别人的经验，你还不能感同身受领悟到其中的魅力。

有次我在Quora上看到这样的问题：如何让自己变得不再内向？点进去依旧是通篇一律用道理和故事组成的回答。但我却在其中看到有个人的回答是这样开篇的：

"我没有能力去教你怎么做，我只会告诉你我是怎样的一个人，如果你觉得我的某些生活态度可取，那你就可以借鉴。但我的想法和生活并不是你的，你要去经历，去摸索，然后找到适合你自己的道路。"

接下来写者讲述了自己如何走出内向的亲身经历。但我关注的并不是他的故事，而是他开篇时写的那段话。当时我站在学校的塑胶跑道上，一边压腿，一边盯着手机屏幕发了很久的呆。

前段时间我因为骗钱事件一度陷入人生的低谷，甚至怀疑过自己的三观，还向身边最亲近的人请教。事件发生后的那天是室友陪着我，她一直是我们宿舍最懂人情世故、最能看清事情本质的人。于是她就像是我的救命稻草，我拉着她拼命问怎么才能避免这种事再次发生，怎么才能让自己变得不再软弱，怎么才能改变自己该死的同情心。

她没有给我提建议，也没有告诉我应该怎么去做，她只是讲述了她自己曾经也差点被骗，甚至没想到连最信赖的人有一天也会变样，为了一点蝇头小利攻击她。她一度怀疑是不是自己的处事方式有错，太过张扬才会遭到那么多人的敌视。可她后来又想通了，觉得不能迁就所有人，她不能只为了别人活着。

每个人活在这世上都有自己的活法，我活得再累再苦，活得再光鲜亮丽，活得再风生水起，那也是我的。别人可能会羡慕，可能会鄙夷，可能会嫉妒，但那始终是我的生活。你也许能够在某个时刻和我的轨道相交，但你还是照样得过你自己的生活。谁都是过客，除非是伴侣和亲人。

所以，我其实帮不了你什么。因为没有人会是谁的救世主，能救你的人只有你自己。这样看来，也许你的上帝就是你自己。嗯，每个人都是伟大而又神圣的。

2.

可有时我们也是怯懦和软弱的，所以我们成为了人，而不是神。

我前些天回家，刚好碰到一个堂妹要填报高考志愿。我妈说叔母想让我帮忙提提建议，让我打个电话过去。于是那天吃完晚餐我就拨通了电话，是堂妹接的。

我问她自己是怎么想的，有没有感兴趣的专业或是想去的地方。她在电话那头显得很迷茫，一问三不知，最后来了句，舅公说让她填报安徽某所大学的农学专业。我又问，那你自己喜欢这个专业吗？她说不喜欢。

那时我突然就想起自己当初填报志愿的场景。因为当时我高考分数只高出一本线20分，一般沿海地区好的大学都去不了。我妈却希望我留在浙江，报一所师范大学，以后当个老师。我一心想往外跑，最好是跑得越远越好，从小是妈妈宝的孩子第一次有了逆反心理。

后来也是舅公给我挑的学校，他是我们家族里德高望重的人，大部分孩子填报志愿都会去问他。我说我一定要去外省，最后真去了，还是最西边的一座美丽小城。我说我想报文科专业，结果大伙急了，说你一个理科生读什么文科专业，也读不了呀，再说读出来工作很难找的。舅公说，学软件吧，最近几年火起来，以后一定是好找工作的专业。

现在，舅公对堂妹说，学农业吧，以后一定好找工作。

我和堂妹整整聊了一个小时，期间我给她讲述了很多自己的经历。比方说，如果是分数只够上二三本，那还是先挑城市，再挑专业，最后再挑学校。如果是一本分数线超过一点点，挑一所地方偏远但还是"211"的大学。成绩好的请随意。我堂妹因为成绩也不算好，只能算是第一种情况。

当然，我还苦口婆心跟她说，如果你知道自己一定不喜欢这个专业，那千万别选。因为我明明是电脑小白，却去学编程，写代码。大一每晚在寝室楼的自习室里熬夜，拼命写着一个个#include开头的程序。每天都担心自己期末考试挂了怎么办，这个C语言大作业一定要抱大腿，汇编怎么这么难，别让我学Java好吗？最后，为了我的身心健康着想，我毅然决然转了专业。

可这毕竟只是我的生活，虽然能够讲给她听，但当初那些迷茫和绝望是说不出道不明的。我们总喜欢把痛苦和消极的事情一笔带过，而在描述快乐的事情时两眼发光。她没有经历过，也不会相信你说的。她甚至还会觉得，哪有那么夸张，大家照样都在做着不喜欢的事，日子不还是过得好好的。

所以，她最后还是选择了农学专业——一个她不喜欢，但前景很好的专业。

这是她的选择，也是她的生活。也许她能在这个领域闯出自己的一片天，又或许她毕业后被父母劝说回来考公务员。无论好坏，她的人生路得她自己去经历。我能做的，是在她需要我的时候尽我所能帮她，其他的，只能靠她自己。

3.

从小我就知道自己并不聪明，母亲也总说我必须要"笨鸟先飞"。

我的小名叫兔子，因为很喜欢"龟兔赛跑"的故事。我知道大家印象很深刻的应该是乌龟的坚持和兔子的偷懒，可我却觉得现实生活中并没有这样的兔子。因为大家都在很努力地跑，冲向一个又一个阶段的目标。再加上并不是所有的兔子都跑得快，我就是这个特例。

我总是比别人慢半拍。听笑话慢半拍大笑，被吓到慢半拍反应，老师讲课慢半拍听懂，甚至和人争吵都是慢半拍，以至于没能和人畅快淋漓地大吵一架。所以，我虽然也是兔子，如果和乌龟赛跑的话，一定不是因为偷懒输的，而是因为我也很慢啊。

室友问我，你每天那么早起来干吗，你又不是公司CEO，也不是杰出人物，有必要把自己搞得那么忙吗？我说，因为我没你们那么聪明，你一个小时能干完的翻译，我需要两个小时。你们轻轻松松就能写出来的论文，我需要花费比你们多很多很多的时间才能达到和你们一样的水平。所以，我只能连夜赶路，风雨不顾。

你也许会觉得我是过度夸张了，可真相确实如此。

上学期我们修一门课，寝室里的所有人都很淡定，觉得这是一门特别轻松的课。可我却不觉得，这里面好多都是我不懂的，期末那段时间我只能不断做题，不断练习，还好最后通过了。后来室友提起这事，还笑话我确实对经济的领悟力差，"宏微观"那么简单的一门课，怎么到我这儿就如临大敌了。

我也知道自己很天真。

有次一个朋友突然谈起一个话题，关于天真和傻之间的关系。她说，小孩的天真＝可爱，成人的天真＝傻。"可爱"是个很好的词，"傻"却是大家公认的贬义词。原谅我当时自动套用了。

我干过一些傻事。比方说，保险公司的推销员给我打电话，我和他聊了一个多小时，不聊保险，聊他的生活。又比方说，去年冬天平安夜很晚才从学院回去，看到保安一个人坐在门口，就忍不住上去和他聊天，临走时送了他一个苹果。还比方说，以为自己可以感化骗子，让他不要再去害别人。

可我就是这么天真这么傻，我就是理想主义，我就是认为世界是和平的，人人都是善良的，天是圆的，地是方的，人心都是肉长的，只要我对你好，你也一定懂得我的好。

有人说，你这样是会吃亏的，以后会吃大亏的。

4.

我不知道未来我的人生路会走成什么样，我只知道我不想那么复杂地看待别人，用最单纯的一颗心去对待生命中出现的每一个人。如果有一天真的被逼到绝境，大不了纵身一跃，只要不死，人生总有翻盘的时候。但我还是会选择相信，因为伤害过我的人并不能代表所有人。

这是我的生活，我必须义无反顾一路向前的生活。

也许你会觉得无聊，觉得无趣，觉得无语，可我的日子还是照样过。早上起来跑步洗澡吃饭，上午看文献，中午吃饭加午睡，下午做任务，晚上码字，然后骑着小电驴载着美人回寝室，然后洗澡、洗衣、敷面膜、睡觉。日复一日，努力而又认真地活着。

而你的生活，也要靠你自己，没有英雄会从天而降来解救你，让你过上一辈子衣食无忧的生活。你不是谁的英雄，谁也不是你的英雄，你要做自己的英雄。（自勉）

于是，少年们迎着风雨开始创造美丽世界……

1.

当我从英语报刊上看到吴崎的名字时，我整个人陷入了低沉的状态。

吴崎是我的同班同学，当初我们两个一起在英语角练习英语口语。刚去练习那会儿，吴崎的口语发音特别蹩脚，听起来像是另一种语言。

他很腼腆，不怎么敢开口和我说话。于是我就主动找一些话题和他聊，虽然我的英语也是三脚猫功夫，但是因为以前学过一段时间的发音，讲起来有时能糊弄人，但其实只有我知道自己的词汇量有多匮乏。

我们两个约好每周末在英语角练习一个话题，我还记得我们第一次练习的话题是"Family"（家庭）。

虽然我们是同班同学，但其实平常也只是点头之交，相互之间并不了解。结果第一次话题分享就是讲各自的家庭成员，介绍一些基本情况。

因为每次都是上一周约定好下周的话题，所以有一周的准备时间，虽然我们两个口语水平都有限，但好在我们还算努力，硬是磕磕碰碰地用蹩脚的英语讲完自己的观点，然后进行对话。

前几周我还干劲十足，每周准时去赴约练习。吴崎也是一样，不动声色地慢慢补充自己的词汇量，经常观看外文网和TED（网易公开课）视频，有时候早上没课的时候会去食堂后面的小花园朗读英文。

有次偶然遇见他，看他戴着耳机走在路上，嘴里还一直碎碎念，以为他是在学什么好听的歌曲，结果上前问了才知道是在听BBC（英国广播公司）和VOA（美国之音）。

我和他在一起练习，有时候会受到很大的鼓舞，每天也会留一点时间出来背单词、听英语新闻。

但是坚持不到一个月，我就放弃了。

理由总是很多，今天策划任务没完成得赶着交，明天要出去做个调研又没时间，下周末要帮导师做项目，英语学习还是过段时间吧。

时间拖得久了，自然就没了自信，想努力的劲头也使不上了，最后只能放弃。

2.

前段时间女生之间兴起练马甲线，我和室友也特别厌烦自己凸起的小腹，狠狠心决定去健身房瘦身，两个人信誓旦旦地说要努力练出迷人的马甲线。

我们两个办了张年卡，每天晚上六点去健身房，一直到九点才离开。

期间，我们先做热身运动，跳一套15分钟的健身操，做10组腹肌撕裂的动作。做腹肌撕裂的时候，刚开始很难全套坚持下来，后来慢慢就跟上了节奏，我还记得前一周小腹一直都是酸疼酸疼的，美其名曰小有成效。

做完腹肌撕裂就开始慢跑20—30分钟，慢跑主要是为了减脂，减脂之后才能练肌肉。跑完步之后我会做10—15分钟的拉伸，当然在跑步和拉伸的过程中我一般都是用电影或音乐来打发时间的，所以也不会觉得很无聊。

因为先要减脂，后期才可以练肌肉，所以我把前一个月的时间都用在减脂上，饮食上也会注意。当然，其中最让很多女生感到困扰的就是跑步是否会让小腿变粗。

关于这个，我还专门查阅了很多相关文献，据资料显示，跑步姿势要后脚跟先着地，不能踮着脚尖跑步，还要注意跑前和跑后一定要做充足的拉伸。尤其是跑步结束后，拉伸到位小腿才不会变形。

总之，为了好好完成这个健身目标，我和室友付出了很多努力。

效果也是慢慢出来了，小腹上的小赘肉消了一些，虽然还没有变得平坦，但是可以明显感觉到肉少了。

小腿一开始会感觉肿胀，以为自己腿变粗了，但是坚持一两个月之后就发现腿形有所改善了，三个月的成效是小腿腿围瘦了一厘米，大腿腿围瘦了两厘米，所以才会有小腿变粗的错觉。

但后期如果继续坚持的话，其实大腿瘦的程度不会那么快，而小腿也会习惯这种运动节奏，腿形会得到改善。

前期能每天和室友坚持三个小时的健身，但后来我的时间完全不够用，只剩下每天半小时去操场跑几圈，回来多做拉伸。

最终，我的马甲线计划也就这样泡汤了。

3.

听说吴崎后来换了一个partner（搭档）继续在英语角练习口语，想来已经有两年多了。

我不知道他这中间是否也曾和我一样放弃过，只是最终他还是比我成功。说实话，他还是比我付出更多的努力，因为他坚持的时间比我久得多，自然也就更加有所成效。

前段时间他参加了一个口译比赛，听班里人说他拿到了二级口译证书，而我也在学校的英文报刊上看到了他的事迹。而我还挣扎在六级考试的痛苦边缘，这样想来，自己真是无比羞愧。

半年前和我一起去健身的室友现在还是每周定期三四天去健身房，她后期开始练器械，现在小腹的小赘肉快没了，早上起来能在镜子里看到隐隐约约的马甲线。那线条美得让我羡慕不已。

有时候人专注做一件事，不轻言放弃，平凡的我们也是可以做出成绩的。只是我们总是告诉自己要努力要努力，却很少鼓励自己不要放弃不要放弃。

4.

我想要从现在开始坚持一个自己喜欢的目标，先不谈努不努力，只要不放弃，总归是有成效的。

以前我一直会纠结，自己要是不好好干的话，就算开始写文又怎样？所以经常会自我暗示说，你现在没时间好好写文章，这样写出来的文章质量也很差，还不如不写。

这无非是给自己找了一个冠冕堂皇的理由。

现在你写得不好，那也得多写。之前看到吴淡如在《累积时间的力量》里说过这样一句话："就算没有天分，只要你愿意每天花一点时间，做同样一件事情，不知不觉间，你就会走得很远。"

所以，重要的不是你有多聪明，有多努力，有多能干，重要的是要每天坚持，不要三天打鱼，两天晒网，最后一事无成。

我会记得，唯有不放弃，才有努力的机会。相信未来的你，会感谢现在的坚持。

为什么道理我都懂，却始终做不到

最近我发现了一个有趣的现象，给我写信的大多数人都是女孩，以至于我每次需要给她们取别名时都需要用上"××小姐"这样的称谓，很少出现"××先生"。

如你所见，这还是一个女孩的故事。

我在这里想称呼她为珍珠，因为在我眼里，她就像是一颗还孕育在蚌壳中的珍珠——现在是微小而又细密的囊质，终有一天，会蜕变为光彩夺目的珍珠。

珍珠和我们许多人一样，存活在这个世间，遇到下雨天的时候，没有一把大伞庇护。

所以，这一路，她都只能靠自己努力地奔跑。

高考结束后，她没能考上理想的大学，因为害怕复读，便去了另外一所大学。那时她还怀揣梦想，选择了一个在大众眼里算是冷门的专业，但她自己却很希望能够学好这门专业，以后为社会做出贡献。

大一那年，珍珠看了很多专业书，认真学习着相关的知识，也参加了一些兴趣类的社团，进了学生会的某个部门。期末考试时因为有好好复习，考了还不错的成绩。

但因为身边室友的抱怨，加上慢慢了解到社会对这个冷门专业的忽视，她开始怀疑起自己原本抱有很大期望的专业。

她不知道自己该怎么做。转专业吗？可是也不知道自己应该转什么专业，她不知道自己对什么感兴趣。

换句话说，她其实对一切都不了解。

因为对英语感兴趣，她报考了一个口语班，遇到了重塑她价值观的人生导师，她开始有了改变的愿望。每天早晨起来读英语，断断续续坚持了一学期。

但那个学期她也开始做兼职，晚上跑步减肥。一个人的时间是有限的，当她开始把时间投入到其他事情上时，学习上的时间就慢慢被挤压，最后只能在期末临时抱佛脚，虽然没有挂科，但再也没有最初的好成绩。

她变得越来越不喜欢现在的专业，而她也没有做好跨专业考研的准备，所以想着要不然考证吧。

于是，她想要考一个英语翻译证书。

但兼职耗费了她太多的时间，她无数次想着自己应该好好练习英语，但每次都没能坚持下来。久而久之，原本有点起色的英语口语就这样被落下了。

她有好多好多的梦想，梦想着成为三毛一样的流浪作家，但觉得自己没有良好的经济基础，也没有很好的文笔。

她梦想着成为一个翻译，但坚持了一段时间的练习，最后还是放弃了。

她也希望自己有一个好的身材，但减肥无数次，断断续续没有任何起色。

她肩负着未来照顾原生家庭和自己的责任，所以她很想通过自己的努力去成就些什么。

可是，为什么，为什么，为什么明明知道自己应该做什么，却始终做不到？

她知道自己应该好好准备期末考试，可时间一到，还是临时抱佛脚。她知道自己应该好好学英语，但还是坚持不下去。她知道自己应该好好规划自己的未来，定个长短期目标，但最后肯定执行不下去。

道理我都懂，可结果还是那么赤裸裸残酷。

以至于，她开始讨厌起自己，那些软弱、懒散，还有拖延。

看到这里，我想很多人都和珍珠一样，有着同样的故事。我曾经也和她一样，有很多的想法，有很大的抱负，还有自己追求的目标，但最后四年过去了，也不知道自己到底干了些什么。

原因很简单，我什么都去尝试了，但并没有精通，所以在我脑海里的这些东西都只是停留在浅层记忆，没有给我留下什么深刻的印象。

珍珠说，她希望我帮她分析一下，但更准确地说，她希望我能够拯救她。

看到这句话，我其实是有些震撼的。这种震撼完全不亚于大学时有个学长跟我说起他的梦想，是塑造出十个亿万富翁。

这个梦想虽然听起来有点荒诞不经，但当时的我完全相信他是可以做到的，就算十年后不能，二十年后不能，但他这辈子一定能做到。

因为他表现出来的自信和我所了解到的他的个人能力，再加上我对他的敬佩感，直接秒杀了我那一闪而过的不可置信。

但回归到珍珠所说的，我现在必须承认，没有人能够拯救你，也没有人能够随意塑造出那么多的成功人士。你看连诸葛亮那样有才干的谋略家，都不能将阿斗培养成明君，可见要想拯救一个人，得有多难。

你只是因为太焦虑太心慌，所以才会希望这时候有人能够从天而降拯救你。但亲爱的，你一定要记住，千万要记住，无论何时都要记住：

没有人能拯救你，除了你自己。

你可以寻求帮助，但那也只是给你建议而已，最后还是需要你自己做出决定。因为这是你的人生，别人都是旁观者，你才是主角。

我在大一的时候，和珍珠一样，遇到了关于专业的难题。当时病急乱投医，逮住一个人就问：你觉得我应该转专业吗？你觉得女生能当程序员吗？你觉得我有潜力学好这个专业吗？

身边人的说法各异，有说女孩子干这行很辛苦，也有说女孩相比男孩更没天赋。

结果一圈问下来，发现大家其实都不喜欢这个专业，特别是同寝室的女孩们，心里也都是觉得自己只能在这个行业里混口饭吃，要不然以后还是换其他文职类的工作吧。

我当时在了解了这种现状后，毅然打算转专业去学金融。也想过去新闻学院，但最后阴差阳错去了商学院。不过都算很喜欢，所以也没后悔。

但你看，一个人刚开始的喜欢往往是停留在表层的，你可能因为一部电视剧而对走在时尚前沿的广告文案职业感兴趣，也可能因为一个访谈而对新闻传媒感兴趣，更可能因为股票市场而对证券感兴趣。

所以，喜欢这个东西带有个人色彩，如果这个色彩比较浓厚，那你的主观能动性就更强。

从大学专业这个问题来看，珍珠一开始是有主观能动性的，也采取了很多行动。但随着环境的影响，她自己的驱动力开始下降，自信心也出现了动摇。

那么回归到问题本身，你应该学会给自己的专业打分，喜欢和讨厌的程度有多大（十分制）。

如果既不喜欢也不讨厌，那就先学好本专业。

我当初认识的一个朋友，很喜欢摄影，平时经常会参加一些国际类的摄影大赛，但他大学学的专业是生物技术。我没问过他喜不喜欢他的专业，但他还是认真上课，好好复习，最后期末考试每一门成绩都是九十分以上，拿过很多次国家级奖励。

他没毕业之前就已经拥有了自己的影楼，最后选择继续干摄影，在业界也小有名气。

所以，在我看来，你能喜欢自己的专业固然很好，但如果你不喜欢，那也别讨厌它，把期末考试过了，其他的时间就花在你喜欢的事情上面。

如果仅仅因为别人说这个专业没前景、没钱途，那只能说你还不够热爱。

每个行业都有竞争者，每个行业也都有成功者。虽然说潮流和趋势很重要，但更重要的是，你能否比别人更加坚定不移地走下去。

既然不热爱了，那就去寻找你热爱的，并动用一切手段去实现它。

珍珠其实对英语很感兴趣，但她却把大量时间花费在兼职上面，这样一方面削减了她本身对英语的兴趣，另一方面还会对自己的经济状况产生不满。

兼职固然能够带来一定的经济收入，但这个市场有那么多的兼职，你完全可以找和英语有关的，比方说做英语家教、网站英文翻译，还可以参加国际展会当翻译。

我们往往会有一个自我误区，认为自己需要学好了才能去用，如果我现在能力还不够，就觉得还得继续学。

但你不做，永远检验不出你的学习效果，只有在做的过程中不断学习、实践，学到的才会真正变成你的东西。

除此之外，还有一样东西在阻碍你行动的步伐。那就是，我们想要的太多，渴求的太多，到最后，发现自己什么也没有做好。

试想一下，一个人一天工作的时间能有多少？

在企业是8个小时，对学生来说可以最多12个小时，如果把时间分为三个板块，那每天最多只能集中做三件事。

超出这三件，其他的你只能放弃，如果想要的太多，那只会让自己越来越疲倦。疲倦感会影响工作效率，从而影响最后的结果。而结果影响你的自信心，最终会让你对所有的一切都失去兴趣。

这就是恶性循环的开始。

我也出现过类似的情况，不断给自己揽很多的事，让自己很忙碌，让自己不停歇。但往往到后来，反而不喜欢自己一开始坚持的东西了。

后来，我不断学会给自己做减法。

告诉自己，我不是全才，我不能兼顾所有的事情，不能让它们都变得很完美。我只能做好一件事，等我做好这件事后，我再去兼顾其他的事。我不能想要很多，我需要学会舍弃。

这也是我很想对珍珠小姐说的一句话：

学会舍弃，学会抓住问题的关键，处理好关键的事情后，再去考虑其他的事情。

当你放低自己的姿态，并看清本质时，你会发现，自己的能力其实很强。

你要不断提醒自己，只有去实践，道理才算真的懂。

我始终相信，未来的你，一定比现在出色！

不是生活难过，
而是你难过

我从初中开始，就成为了一个好胜心很强，也很追求结果的人。那时候的原因很简单，我想让父母注意到我。

小学的时光过得很美好，我至今能想起来的就是和一帮女孩子跳皮筋，和小两岁的堂妹斗斗嘴，也会和男孩子们去田野里抓泥鳅，难过了会离家出走，也会躲在附近的竹林里大声哭。

情绪来得很快，但去得也快。所以现在我能感知到的是，那时的我应该是很快乐的。

我小时候并没有和父母住在一起，这让后来的我多少有点在意家人之间的相处。前段时间一直有人提到原生家庭的事情，我也发现，一个家庭其实对孩子的影响是十分深刻的，特别是在童年时期。

也许因为小时候很少见到父母，初中和父母在一起后，我莫名地就很想成为他们的骄傲。

而那时能带给他们最大的荣耀就是我的学习成绩。于是我就很努力很拼命地学习，可以毫不夸张地说，初中时期是我这二十多年来最认真的几年。

因为很在乎成绩，自己的心态会变得不平和，我总是很计较得失，也很在意别人的眼光。

如果期中考试某一门因为一念之差损失了很多分，回家后我就会特别难受，甚至把自己一个人关在房间里，晚上无论父母如何安慰我，我都不会允许自己吃饭。

我也很在意老师的目光。那时候我就是属于那种在课堂上会特别积极发言的人，对老师的问题都会很认真地回答，就算有时回答错了，也会课后跑去向老师请教。

当然，我也变得喜欢挑朋友结交。

为了让自己能够更快提升学习成绩，我课后总是会和那些原本底子就特别好的人玩在一起，渐渐地，我的朋友圈从一些原来打闹玩耍的人变成了学霸级别的人。

至今我都非常后悔的一件事，是我把小学时特别好的玩伴写给我的一封信交给了我妈，然后我妈告诉我，别再和这个女孩在一起，她会影响我学习。

似乎在很多中国家长的眼里，那些不爱学习、整天游手好闲的孩子都是坏孩子，只有那些成绩好、爱看书的人才是好榜样。

直到后来我的心智逐渐成熟，我才知道，那时候我的那种行为对一个用心待你的人来说，是件多么寒心的事。

可笑的是，那时候我还真的很畏惧我儿时的好友，怕她会带坏我，所以见到她都会离她远点。

我把所有的时间都放在了学习上，作业完成后，我做习题册，如果还有空闲的时间，我就开始看老师要求看的那些名著。

因为很难有可以聊天的朋友，我把心事都写进了日记。有次无意间翻看到那时的日记本，入眼的文字都是很阴暗的，甚至是伤害自己的。

"你今天又颓废了，怎么就那么喜欢和别人玩呢？如果明天再没有把这本习题册做完，你期末的名次肯定又要落后了。"

"明明不开心也要假装很开心吗？你一个人走回家，那么冷冰冰的冬天，难受早就没了，剩下的是麻木。"

"别再跳舞了，它只会浪费你的时间，这次考试很重要，我希望你好好把握！"

"If you don't work hard，go to die."

我觉得很幸运的是，这一路走来，我没有变得越来越极端，反而越来越能够安抚自己，慢慢寻找着自己最想要的生活状态，寻找着快乐。

我知道，也许别人的夸耀和荣誉对我和你来说，都很重要。也对，我们一直都是活在别人的期许下的，你之所以不快乐，无非就是因为你永远不能让欲望获得满足。

而你曾经快乐的时光，那也只是短暂地实现别人期许的时候。过了这段时间之后，你又要面临另一个更高的期许和荣耀。

这就好比，有钱的人永远嫌钱少，有权的人永远渴望更大的权力。欲望像个雪球，越滚越大，而你那弱小的身体根本支撑不住这样的东西。

到最后，它也许像黑洞一样吸食你的精魂，让你永远在一线光明和永久黑暗之间徘徊。你不会真正快乐。

有个姑娘跟我说，她一直都觉得，快乐是一件奢侈品，生活的常态无非就是日子一天比一天难过。虽然看起来一切都很好，在知名的学校学热门的专业，家人也都安好，她也很有上进心，但总觉得自己努力了也得不到褒奖，付出了也总是被遗忘，那些快乐于她来说就像是远处的灯光，而她却一直在黑暗里徘徊。

但其实，生活并没有那么难过，难过的往往是我们的内心，以及我们对待生活的态度。

当你能够从内心接纳快乐，而不是从外部获得你的快乐，那你的生活也会变得有滋有味起来。不会因为别人的不认可而难过，也不会因为自己付出努力却没有得到回报而伤心太久，更不会觉得快乐离你很远。

那什么是内在的快乐呢?

我想给你讲一个我身边人的故事。她是我最近认识的一个人，最近刚荣升为准妈妈，怀了六个月大的宝宝。

我很喜欢她的生活状态，翻看她的朋友圈便知，那是活得很有品位的人。

她平常的工作很忙碌，但是因为喜欢烹饪，她经常会在周末无聊的时候做上一顿丰盛的午餐，然后叫上有时间的好友一起尝尝她的手艺。

她只要有空，一定会去花店买上一束雏菊，用从国外淘回来的器皿装盛，摆在客厅里，然后放上一段音乐，躺在沙发上看书。

偶尔得空，她会约上好友去看一场话剧，穿上刚买的漂亮裙子，化一个美美的妆。

她喜欢画素描，有时会花一晚上的时间画一幅画，然后用从网上买回来的框架裱起来挂在房间的某个位置。

最近，她做得最多的一件事就是给自己未来的宝宝写日记，那本日记本上有很多可爱的图案，也有很有趣的对白。

她是个会自我寻找快乐的人，不需要通过别人来寻求她的快乐，很多时候都是她在主导自己的情绪。

自然也是会有难过的时候，但大多数时候她都会通过适当的方式排遣出去，实在忍不了就会向亲近的人诉说，然后又变成闪闪发光的小太阳。

也许你看到这里，会觉得那是因为她的生活已经是稳定的，有工作，有家庭，有孩子。可是我们的生活何尝不是稳定的？

如果你是大学生，你主要的任务是学习。但学习，甚至还有社团和比赛，并不是你生活的全部。你没有想过，并不是你不能获得快乐，而是你自己把自己逼到了黑暗的角落里。

那里只有猜疑和否定，只有伪装和好强，只有往上爬和不允许自己颓废。

你在这个社会喝了太多的鸡汤和正能量，也知道了只有靠自己努力才能获得自己想要的物质生活。可生活的本质，除了生存和名利，还有态度。

你对生活是什么样的态度，它自然也会回敬你什么样的状态。

你希望你获得的是夸赞和荣耀，还有别人的认可，那么你必须付出很多的努力，甚至有时付出了也不会有任何回馈。

因为想要这些的人太多了，你的实力也许比不上别人。

想要而不能得到，你自然会产生失落感和不快乐感。而你所追求的那些东西，注定是会让你始终处于无法满足自我的状态，即使你也许在别人眼里已经是很厉害的人，你依然不会快乐。

就像饕餮永远也吃不饱，而那些半饱的人才会在下次遇见美食时，真正享受那份快乐。

其实现在的我也一样，处于内在和外在的平衡状态，我会允许自己放松，也会告诫自己不能太放松。只是，我还会告诉自己，别再一味追求别人眼里的那些东西了，你不小了，是时候学着为自己选择好玩的东西，做自己想做的事，挑让自己舒服的朋友。

别总觉得社会现实，现实的根本就不是社会，而是你自己的心态。

追逐成功久了，就会容易忘记你是谁。就好像夸父一直在逐日，到最后他也就只剩下太阳了。

这个世界不只有成功学，还有一个叫作幸福学。而我们终其一生追求的不应该仅仅是成功，而是这一生的幸福才对。幸福并不只是房子、车子、金钱、地位和荣耀，还应该是发自内心的舒畅和笑容。

别再说快乐是一件奢侈品，我们都该学着放松一点，让快乐慢慢靠近，别抗拒，也别躲避，学着快乐并不是一件罪恶的事。

你那么美好，并不适合黑暗。

承认自己的能力不够有多难

我大学的时候参加了一个社团，是华硕在高校举办的全国性组织。毫不夸张地说，我整个大学生活几乎都充斥着这个组织，有一帮可以高谈阔论聊理想的朋友、一群可以通宵熬夜想策划的伙伴，还有一次次的调研和一场场的活动。

这算是我见过的非常有激情的团队，爱梦想，做自己。

虽然它也存在每个校园社团所存在的某些通病，但因为招的人少而精，里面的每个人都是不可或缺的，像是一个个独特的思考个体。

我很喜欢这个团队的氛围，大家彼此相处并没有上下级的关系，就像是一家人，彼此互助合作，帮助对方成长为更好的人。

印象中，当时我们讨论最多的就是，你觉得你在做这件事时收获了什么，你有哪些成长和进步。这是一个追求完善自己的团队，而不仅仅是命令你去做一些常规工作。

我大一那年除了参加了这个社团外，还参加了其他六个组织，包括校学生会、院学生会、校青协、文学社、吉他社和街舞社。

老实说，我一直都是个不允许自己有空闲的人，有时看一下午的电影、睡一早上的懒觉，自己就会产生内疚感，轻则在心里痛骂自己几句，狠则在洗澡的时候抽打自己。

所以那时虽然每天忙得焦头烂额，心里却觉得充实无比。

我是个兴趣很广泛的人，如果非要说的话，那就是想要的东西很多。那时我一直以为我能很好地处理任何一件我喜欢的事，比方说我天真地认为我能把那七个组织的活动都安排妥当。此外，我还能做到不逃课，完成课堂作业，班级的集体活动也能积极参加。

身边的朋友问，你怎么能同时做到那么多的事，甚至还有时间准备转专业？

我那时自信心挺爆棚的，感觉自己还蛮厉害的，于是不自觉地就给自己揽了更多的事，丝毫没有用全局观去考虑"过犹不及"这个道理。

也是，当你深陷其中的时候，你根本没有闲工夫停下来思考一下，跳出当时的圈子看看你所做的那些事到底哪些有用，哪些其实是在做重复工作，也不再会考虑，你到底喜欢做哪些事。

之前有人跟我说，他不知道自己该做什么，所以觉得很迷茫。我现在发现，当你做太多的事时，人也会变得迷茫，因为我不知道什么对我来说更重要。

当时的我想必就是这样的感受，我清楚地知道自己不可能把所有的事都处理好，因为一个人根本没有那么多的精力做好所有的事。

可我舍不得丢弃任何一样，就像我不愿意承认，我的能力好像不够用了。

这是个多么令人悲伤的事实，也是我很想逃避的事实。我不愿意承认，我的课堂作业很多次都是在最后关头提交的，以致只能得到一个并不满意的成绩。我不愿意承认，为了赶一个策划，我已经好几周没去街舞社和吉他社学习了。我更不愿意承认，因为忙于各种活动，我没能好好准备期末考试。

大一结束后，我如愿地转到新的专业，随之而来的就是各种补学分。学业上的繁重，自然会挤占我各种业余时间，而那时我也当上了几个组织的中层干部。

一开始我还能游刃有余地处理好一些事，到后来慢慢变得力不从心，甚至开始逃避，整天躲在寝室里刷剧，其他什么也不想干。

我那时和莫璃说，阿璃，我觉得一切都很没意思，学习没意思，社团没意思，连旅游也变得没意思。

莫璃告诉我，小墨，因为你不肯原谅你自己。

你不肯告诉自己，其实你没精力和时间做那么多的事，你也只是一个弱小的人，你并没有强大到能把每一件事都处理妥当。你有自己的坏毛病，你也喜欢偷懒，你也是个爱拖延的家伙。

当你发现这样丑陋的自己，甚至懒惰的自己，你就会更加讨厌自己，给自己更多的压力。你不愿意原谅不美好的自己，所以你觉得一切都变得没意思。

其实，你也只是一个再渺小不过的人，而你之所以想做那么多的事，也无非希望得到别人的认可。

可是，小墨，你根本没有办法让所有的人都对你满意。更重要的是，你永远没办法让自己满意。

我那时并不能完全懂得莫璃的意思，不过后来我还是学着割舍掉一些相对不那么重要的事，比方说只留下一个社团，留出更多时间和新班级的同学交流，也试着去参加一些新学院的活动。

我也试着告诉自己，别太贪心，你做不了那么多，做好一两件事就够了。

就好比现在，我不得不再次承认，我好像并不能同时处理好那么多的事。我每天努力给自己制订详尽的计划，也每天督促自己按时完成每一项内容：早上五点起来码字，上午上课，下午修改论文，晚上编辑微信。

但生活总有那么多突如其来的事情，有时是去学报编辑文章，有时是去官方微博赶发布会，有时可能是帮老板报账，有时甚至是准备课程作业和研会活动。

这一切的一切，都在告诉我，别瞎想了，你必须每时每刻都努力工作，你才能好好完成这些任务。

然后呢？

你那么约束自己，然后呢？

你好像一直都在干对自己有帮助的事情，然后呢？

然后，你已经很久没有出去采风拍照了，也已经很久没好好读一本书了，也已经很久没唱歌了，也已经很久没和朋友唠嗑了，也已经很久很久没睡懒觉了。

然后，你也不敢承认，你做不来那么多的事，你甚至把最重要的事都摆在一边，什么都不想开始，什么也不敢结束。你就等啊等啊，等着一切终将会过去，你一定能收获到很好的结果。

真是个美好的白日梦啊。

古典在他新书《你的生命有什么可能》中说，现在的我们越来越难不出于任何目的地去做一件事，似乎做的很多事都是对自己有用的。

可我们活着的意义到底是什么？

罗素说，我们活着的意义是因为对爱情有渴望，对知识有追求，对人类苦难有不可遏制的同情心，这三种纯洁而无比强烈的激情支配着人的一生。

我觉得除了这些，还有一点应该是，我们每一个人都该是精彩的生命个体，除了生存外，我们有不同于动物的独立思想，这让我们去选择这一生该如何过活。

我们应该学会培养自己的兴趣，不是为了对自己的事业有帮助，也不是为了日后会有用，更不是为了获得别人的称赞。每周给自己留出一定的时间去发呆，去钓鱼，去游走。

我们需要全心全意地去热爱一样东西，不出于任何目的，也不奢望任何回报。当我们老了，回顾一生的碌碌无为时，我们还能坚定地告诉自己，我这辈子做的最骄傲的事，就是干了一件纯粹让自己爽的事。

莫璃告诉我，你应该勇敢地承认自己的不足，懂得舍弃机会，学会让自己放松，然后轻装上阵，寻找更完整的自己。

我们每个人都走在一条并不确定的道路上，我们都会害怕自己走错道路，所以我们总想着拼命做些什么，努力证明自己的能力。而我们也总是会高估自己，也不愿意承认自己的弱点和缺陷，甚至选择逃避。

可事实上，迎面接受才是最好的选择。

你要学会告诉自己，我可能做不到所有的这些，我只能选择一到两样坚持做下去，做到让自己满意的程度，而不是样样一般。

你也要告诉自己，张弛有度才是最好的状态，一直紧绷的弦总有一天会断。在做多了加法之后，记得随时给自己做减法。

承认自己没那么强，承认自己没那么完美，也承认自己没那么优秀，然后踏踏实实做好简单的事，一路坚持自己喜欢的事，做一个洒脱、自由且认真的人。

和你爱的人一起。

一个懒癌患者的自救

A姑娘最近遇到了一个烦恼，她准备出国，每天都要备战雅思，可是在这个复习过程中，她却成了懒癌晚期患者。

其实我自己也算是一个懒癌患者，而且病情时好时坏，阶段性反复。

所以，一看到这个话题，我就忍不住想说，姑娘啊，谁也帮不了你呀，懒惰这种病真的只能自救！

先来说说A姑娘的故事吧。

A姑娘高考毕业后想出国留学，但家里除了母亲之外，其他人都是抱着观看的心态，并不能理解，也不赞同。所以，她鼓励自己，一定要努力备考，证明给那些人看。

可是，一到要进入学习状态时，她却又离不开手机。虽然英语一直是她的强项，如果用心复习的话，也一定可以考到理想的成绩，但家里实在太舒服了，有床有Wifi，还有很多零食。

她考了两次雅思，第一次考前去上了培训班，第二次是自学，虽然距上一次考试只隔了一个月，但分数却下降了。而另一个和她一起准备考试的学生也考了两次，现在已经出国了。

她母亲有些着急，无形中给了她很多压力，但她也很想努力呀，可就是每天也不知道在干什么。

早上八点多闹铃响起，手动关掉后，她依旧继续睡，睡到九点多，开了手机，刷个微信，听音乐，就到了十点了。然后吃个简单的早餐，帮奶奶做饭。

下午看一些综艺节目，偶尔翻翻书。晚上也是离不开手机，一直看到凌晨一点左右。她总觉得晚上太早睡了，好像很多事情都没有做完，以为晚睡了就可以把这一天的时间延长，变为25个小时。

但结果却是，视力越来越差了，气色也越来越差了，身体也越来越差了。

A姑娘说，她知道这样不好，很想改，但是却做不到。她甚至开始越来越讨厌自己了，感觉自己好恶心。

唉……

这个姑娘简直就是我大学有段时间的2.0版本，接下来说说我的故事。

我在大三那年开始准备考雅思，之前有个闺蜜也考过雅思，当时她为了好好复习，寒假都躲在家里，无论我们怎么邀约都不出来。

所以，在我的认知里，这个考试比四六级不知道要高级多少倍，特别是对我这种一上大学就把英语荒废的人来说，简直就是一场战争啊。

我是属于一旦做了一个决定就喜欢让全世界都知道的人，除了写作这件事太过于私人，到现在我都不敢跟身边的人说，但其他的大目标，我都会先告诉平常联系最多的人，让他们可以在无形中约束我。

事实证明，这个还是有效果的。

因为好强和好面子，有时就算想偷懒，也会衡量一下，如果最后没考好，那不就挺丢人的嘛。

于是，我就开始给自己制定规划，以三个月为期限，花了一晚上的时间制定出了非常详尽的任务表，幻想着要是按照这个任务表执行下去，我肯定就能破7呀！

结果却是，头几天还信心满满地都完成了，但后来越来越吃力，然后就乱套了。

心累……

大多数时候我们都对自己抱有很大的幻想，太高估自己的能力。意识到这一点后，我就慢慢改变了策略。最重要的是，别对自己的执行力抱有天真的想法。

简单来说，就是客观评估自己的能力值。

人一天能集中的时间不会很多，大多数的时间里我们都在做琐碎而又相对无价值的事。你不能一下子给自己安排满满14个小时的学习时间，应该考虑到时间的使用质量，而不仅仅是数量。

我发现自己每天都会花两三个小时在白天的补觉上，所以我就调整了自己的作息，不再强求自己每天只睡6个小时，而是变为8个小时。

反正白天都要睡，还不如晚上多睡一会儿，白天精神和效率还都会好一些。

我也是个很爱看综艺节目的人，尤其是压力大时，就一定要看《奔跑吧，兄弟》来解压，所以我爱死那"七只"了，简直就是我的心灵慰藉啊。

不过，当时我也发现了一个问题，虽然一开始只是想看《跑男》，但我的自控力有限，一旦打开视频，即使看完了《跑男》，还是忍不住会看其他的。

因为比起枯燥的雅思，视频就是赤裸裸的诱惑呀！

所以，我告诉自己，既然你是下定决心的，那就把视频软件给卸载了。如果真的很想看，那就每周看一集《跑男》，去网站上下载。

这个过程主要是为了增加看视频的搜索时间和下载成本，既然我这么懒，如果看视频的过程很复杂的话，那就没那么想看了。

这个办法，屡试不爽。

我就在计划表里加入了我看《跑男》的时间，之前还死气沉沉的表格一下子就生动了起来。

每天的计划变成：早上七点起来，洗漱早餐半小时，跑到小花园背一个多小时的单词，然后去图书馆，从九点开始模拟考听力（我听力方面是薄弱点），半小时后循环听错的题，然后做笔记。

下午两点到五点，晚上六点到九点，只要在这六个小时内能够专心复习，其他的时间点可以任意玩耍。

但其实也没什么玩耍的时间，只是不把时间掐得那么紧，学习的时候能放松，最后也能多用点心。我反正是学习的时候压力很大反而学不进去，就想看其他的来逃避。

而且，我感触特别深的一点是，当你在做一件事的时候，千万别想着另一件事。比方说准备听力的时候，就要全套都做齐，别遇到一点写不出的就立马放弃，然后去做阅读了（我的阅读方面相对好一些）。

我经常也会遇到一天啥也不想干的时候，特别是早上一起来就刷刷微博，看看微信，然后计划一旦被打乱了，我就再也不想执行下面的内容了。

后来我就尝试着晚上睡觉前把手机放在抽屉里，早上起来第一件事是洗把冷水脸，然后刷牙换衣后跑到宿舍楼下的小花园早读。

当时是铁了心要复习的，反正也不会有什么人找我，所以就把手机放在宿舍，晚上回来的时候给家人打个电话报平安就好了。

你真要下定决心不达目的誓不罢休的话，那就要懂得割舍一些。不要妄想着，我能够控制住在学习的时候不玩手机。我到现在去图书馆还能看到一大批学生边刷手机边看书，最后吃饭的时候感叹一句，一大早上也没干什么事。

有手机在，除非自控力超强的人，否则你能干得了什么？

刷朋友圈呗！

A姑娘最后说，她特别羡慕和佩服那些为了某个人或者某件事而改变自己的人，到底是什么动力促使他们坚持下来的？为什么我总是做不到？

曾经也有人在后台问我，到底是什么原因让你坚持做这个公众号的？

当时我也没细想，因为连我自己也不知道具体的原因是什么。我其实很明白，在微信公众号的市场里，做原创是有多苦。我认识的好几个原创作者，每天都在发文章，却只能心酸地说一句：怎么涨粉那么少？

每个人都需要在认可中获得动力，一开始也许是兴趣使然，但后面真的很需要得到认可。就和学习一样，如果最后结果越来越差，那就会影响下一次你投入的精力。

但后来我知道，关注数这种东西其实是可遇不可求的，茫茫人海中那么多人，能关注你的都是缘分。关键不在于谁关注你，而是你自己想做什么。

我当时备考雅思时也是一样，室友后来告诉我，那段时间我真的是挺投入的，如果再接着考一次的话，一定就能考到满意的分数了，不过我最后因为忙着申请暑期夏令营，就没接着考了。

当你做实事的时候，例如学习某项技能和语言，无论结果是不是你想要的，这个过程一定是有意义的。而我们大多数时候缺的并不是想法，而是努力去做的过程。

所以，回归到A姑娘的问题，我觉得没有什么事情会让你彻底地改变，也别试图幻想把自己的生活变个模样就能重新开始。

我们就是因为看多了名人的事例，总觉得生活中必须出现一件大事，才能让我们从一个颓废的状态变为完全不一样的新状态。那样太不现实了。

现实是，你可以试着通过一点点小的改变，慢慢变成你想要的模样，而不是一次性地就改头换面。

这些小改变也许能够帮助你，这是我之前用得比较多的方式。虽然我依旧挣扎在懒癌患者自救的过程中，偶尔还需要去病床上躺一躺，但好在我已经不再幻想会出现某些改变我一生的大事，而是每天自发地去做一点变化。

第一，调整作息时间，养成好的睡眠习惯。

晚上早睡对备考的人来说至关重要。当初我室友准备考研，绝对是十一点之前就入睡，第二天早上六点起来。

简单来说，养成规律的睡眠习惯是备考的第一步，如果这个目标一直没能实现，那你还是别挣扎了，肯定不会出现你预想的效果。

其实这个习惯还是很好养成的。只要把手机交给你母上大人，换种方式来休闲就好，时刻记住，手机有毒，至少对现在的你来说是这样。

我的心得是，前一周是比较困难的，但坚持两个星期后，身体会出现生物钟反应。等到后来是一到晚上某个点就开始犯困，我就会慢慢转换为轻模式，例如看点英语小说（强推《傲慢与偏见》），听点安静点的英文歌。

习惯这个东西，最难的不是下定决心开始，而是如何坚持下去。这个只能靠自己的意志了，减少不必要的自控力损耗。

可以尝试在晚上定一个睡觉闹钟，一到点就放下手头的事立马爬上床。告诉自己，天大的事，明天再做。

第二，别待在房间，去人多的地方。

这一点我是深有感触啊！房间真是懒癌患者的温床，特别是现在天气转冷，干什么都想躲在床上。

但是，无数次实践证明，学习这种事最好去人多的地方，例如图书馆和自习室，看到大家都在学习，你自然而然会少些懈怠。

别待在有床的地方，如果可能，找找附近可以学习的地方，只要不待在家里就好。在家里学习，效率真的很低，做饭都比备考来得好玩啊，我宁可洗碗……

第三，每周制订简单的目标和计划。

别给自己制订太多的计划，这个也是之前提到的，看起来完美的计划往往不是普通人能实现的。

在做计划前，先对自己以前的执行力做一个简单的评估——这个必须客观，然后根据自己的能力值制订出两个可行方案。

除了自己必须完成的硬性计划外，其他的都可以机动进行。但要记得随时反馈自己的实施和执行力度，我以前会每天记录一些进程安排，总结当天做的事。

日结、周结和月结都是挺有效的，以前我实习的时候很不喜欢写每日总结，但后来我自己实施这个后，发现只要十分钟左右就可以帮助梳理一天做的事。

每天有很小的成果，心里也不会太焦虑，变得踏实了很多。

第四，一天只做1—2件重要的事。

我以前总是想一下子做很多事情，结果是每件事情都没能好好做。

所以，后来我就降低对自己的期望，一天完成最重要最困难的1—2件事，也算是没有白过这一天。

在剩余的时间里，如果自控力还是有的话，那就可以做其他相关的事情。

第五，留一定的时间用来放松心情。

我觉得手机应该不算是放松心情的一种好方式。除了刷微博和微信之外，可以试着在这几个月找找其他好的方式。

例如每天散步看看周边的风景，每周有一个下午可以和朋友出去玩，或者是写写日记发发呆。

我比较喜欢拍照和音乐，所以当时看书看累了就出去拍拍学校的风景，躺在草坪上听会儿音乐望天发呆什么的，啥也不想，就是纯放松。

第六，找个能时不时给你动力的人聊天。

这个还是比较有效的。我有个好朋友当初考雅思，压力也是挺大的，有时候我们两个就会聊天畅想美好未来什么的，然后彼此给了鼓励。

我当时主要是在雅思学习论坛上搜索"烤鸭"，有很多这样一起奋战的人，和他们交流也会有一点动力。

考研和考语言这类考试一个人备考特别容易放弃，最好能够找到一个给你动力的人，以便想放弃的时候就又能恢复体力。

第七，学会自我激励。

这是你的目标和追求，旁人就算好心也只能帮你创造良好的环境，比方说你的母亲支持你。但她不可能替你去考试，所以我就觉得懒这种"病"只能自救。

方法再多也没用啊，你得都去试试，然后找到适合自己的。

我也是在不断尝试中发现能够抑制懒惰的方法，这次这个不灵了，那就换下一个咯。路漫漫其修远兮，吾将上下而求索。

别轻易否定自己，觉得别人做什么都好，自己什么也干不成。你怎么知道别人的生活是什么样的，我就不信有人能一辈子都是正能量满满的。差别不过就在于谁的调整能力强，谁先意识到改变而已。

所以永远别妄想能够被他救，你要想着自救。有这样的意识和认知后，不断找方法去自我激励。

我比较常用的方式就是写文字。你也可以写日记，把每天的心路历程写下来，等到哪天撑不住了就看看以前写的，那感觉真的很奇妙。

少看一些网络上的鸡汤，其实鸡汤的实际目的是作者熬给自己喝的，至少我是这样的。他们的经验放在你身上不一定合适，每个人的情况都不一样啊。

有用的是那些方法论和逻辑思维，客观存在的东西反而能够套用在自己身上。主观的文章看太多了很容易迷失自己。

你要相信在这条路上，你永远不是一个人，很多人都在努力寻找办法，找到的人会往一个更高的平台走，找不到的人会沉浸在自己苦难的世界里无法自拔。

然后内疚，迷茫，悔恨，厌恶自己，不断循环过着这些日子。

而我们唯一能做的，就是打破循环圈的最关键的一环，然后跳出来看看那个可怜的自己，一点点朝前走。

何必要奢望所有的事都能一蹴而就，只要有些微改变，就该值得高兴。

我已经走在路上，那么你呢?

第二章 ∧

我很好，

舍得宠爱自己了

QUIETLY GROW

姑娘，这没什么大不了

嘿，姑娘。

很抱歉在这个深夜看到你狼狈的一面。

此刻你正坐在电脑面前，身边的室友已经入睡，你却盯着手机屏幕发呆，哭得像个傻子。

你打开微信通讯录，想找个人聊天，可是夜已经很深了，况且你并不知道该找谁诉说。

我知道你刚和室友赌了气，她们还是像往常一样打趣你，以前你不怎么在意的玩笑话今晚莫名就当了真。你突然就往柔软的兔皮外裹上一层龟甲，谁来敲你，你就反弹回去，像一头未开化的小兽。

我也知道你并不想这样，可你刚经历过一场挫败，你准备了很久的文章被老板狠狠批了一顿，你甚至在她眼里看到了失望。

你觉得自己很努力了，每天睡不到七个小时，别人休息的空当你在码字，别人睡觉的时候你在整理资料。

甚至，你好几天的早、午、晚餐都是面包和馒头，还有一杯杯的水。

有天晚上为了赶一个工作，你躲进了学院楼的办公室，把自己反锁在里面，累了就趴着睡，醒来就继续干活。

你半夜去上厕所，摸索着进入黑漆漆的公厕，满脑子都是乱窜的诡异场景，你唱起"啦啦啦，我是卖报的小行家"，边唱边笑话自己胆子小。

忙碌中你还收到一条高中时结识的闺蜜的消息，她陷入了恋爱的烦恼，"怎么办"那三个字就在你脑海里挥之不去，你立马就放下手头的工作拨通了她的电话，然后陪她聊到夜深人静。

我知道你很努力，想让身边的人都感到舒适，可你总是忘了你自己。

我虽然可怜你，却也觉得你活该。

你已经越来越把"对不起"和"善良"当作一种工具，来伪装你的软弱和无能。

小时候你偷看电视被逮住，母亲还没骂你，你的一句"我错了"就已经脱口而出。因为你慢慢参透，只要你一说这句话，对方的怒气就会减少一半。

你害怕争吵，所以从小到大也没和人起过冲突。你无比圣母心地觉得自己和善，其实你比谁都清楚，你只是胆小怕事。

你总是在强迫自己忍让、大度、温和，以为这是最好的品质，你甚至容忍跨越道德底线的人站在你头顶高喊"是这个社会的错，不是我的错"，你还信以为真。

可这不是善良，这是蠢。

你每天去自习室报到，早上八点，晚上十点，一个人吃饭。你身边的所有人都在催你，这么大个人了，怎么连段像样的恋爱都没谈过。

你也觉得自己很失败，当同龄人都在努力挣钱养活自己的时候，你却还在花着父母的钱。而当别人都已经步入婚姻殿堂的时候，你却还是一个人。

这些年混混沌沌，你也不是没遇到过喜欢的，却不知怎的都无疾而终。

前段时间你刚剪短了你的发，哼起了你的歌。你甚至把自己的穿衣风格从头到脚换了一身，扔掉了清纯的学生装，烧掉了一箱子的日记本。

你觉得一股子的轻松，感觉自己还很青春。

周末，对了，你已经没有周末，你也没有所谓的假期。当别人都在守着电视看阅兵，举国同庆到处游玩时，你却躲在格子间，眼睛盯着密密麻麻的英文字母。

你觉得人生真是看不到头。

你在KTV里唱起汪峰的《存在》，一句句地嘶吼，像个十足的女疯子。这些年你越来越喜欢民谣，你甚至幻想自己背上一把木吉他，一个人去流浪。

你骨子里真是死作的文艺青年。

可你却穿着商厦里的精致连衣裙，搭配一头你故意烫染的橘色卷发，脚踩一双八公分的松糕鞋，涂上提色的唇彩，盛装出门。

不知道是装给谁看的。

你的棉布长裙和白色球鞋早已压在了箱底，那一头及腰的黑色长发说没就没了。你的那一股子狠劲好像都用在了自己身上，你的心理防御能力也越来越强。

要不是这个深夜，连我都要被你骗过了。

室友发了一条很长很长的消息给你，你其实并没有生她们的气，你气的不过是自己。

寝室的水质有问题，你买了一箱矿泉水，商店老板说帮你抬到寝室，却被宿管拦下，于是你抬着12瓶1.5升的矿泉水一口气上了五楼。

墙壁上出现壁虎，室友们都尖叫着躲在一旁不敢睡觉，于是你只能拿着扫帚忍着害怕把它打死，可你晚上却念经超度，希望它来世投胎做人。

你去实习，很努力地想把每一件事都处理好，可你的方案还是会被批评，你的提议也会被否定，甚至有时连打印机和传真机都会找你麻烦。有人说你太学生气，想法太幼稚。

你总是自作多情，害怕冷场和尴尬，所以会絮絮叨叨说一大堆话，结果总是被吐槽像唐僧。因为你最好说话，所以你的很多话她们没有认真听，你每次不小心说错的点却会被拎出来晒上好几天，她们却无知无觉。

你曾经喜欢过一个男生，却总不肯让他帮你做任何事情，也不黏人，又不会说情话。你在感情里像个呆瓜，却又像只困兽，画地为牢。你喜欢看宋小君的文字，也羡慕能写出爱情故事的各路写手，可你构思了八百遍的爱情故事却最终胎死腹中。

我就这样一路看着你，把自己逼到了角落。

于是现在你只能躺在2米长的木板床上，眼睛盯着四面围着的遮光布，细数自己人生的失败点，把曾经的梦想和希望都碾在手心。

你再也不敢和别人谈梦想，这个和焦虑做伴的年纪，你竟然找不到可以简单聊聊伍尔夫和奥斯汀的人。你甚至羞于告诉身边人，现在的你还会捧着一本书，在幽暗的灯光下静读。在你的同龄人看来，这是书呆子的表现。

你有点害怕，自己会显得格格不入。你也惶恐，自己怎么会沦为这副模样。

可是，我知道，你会挺过去的。

你的文章被批方向走偏，你完全可以在接下来的一周走回正道。谁没有走偏的时候？重要的是再走回来。

你不能养活自己是因为你现在还没有去找挣钱的途径，况且你现在挣点零头还不如好好充电学习，以后有的是机会挣钱。

你的室友并没有取笑你，你只是过分敏感，把玩笑当了真，以至于忘了她们曾经也陪伴你度过艰难的时刻。

你害怕自己前途迷茫，可你有时间瞎担心不确定的未来，还不如赶紧把手头上的事情处理妥当。

你不敢谈梦想，那就在做出一番成绩之前先学会独自承受一切的酸甜苦辣。别只为了别人的认可而出卖自己的热爱，这一小辈子，总需要做一件让自己骄傲的事情。

至于你的爱情，别急，你总会遇上懂你的人，他会懂得你的坚强和伪装，然后化身一只大灰狼来保护你。不过，在这之前请先让自己配得上未来的他。

你要相信，就算结局再糟糕，你也有路可走。

更何况，你还很年轻，这个世界不会抛弃你，除非你抛弃你自己。

嘿，姑娘，这根本没什么大不了。在你这个年纪，总是会遇上很多让你迷茫和恐慌的事，你可以尽情去流泪、流汗、流血，你也可以尽情去闯荡，大胆去试，你要为你的自由插上翅膀。

别总是那么着急给自己下定义。你的人生路还很长，每经历的一段，无论好坏，都要勇敢接受。

爱了就爱了，恨了就恨了，过去了就过去了，错了就错了，盗用樱桃小姐的一句话："睡什么睡，起来嗨呀！"

你要把自己生命中的每一刻都过得鲜活。

嘿，姑娘，我看你蜷缩的身躯慢慢舒展开，从孩童的脆弱模样变得坚强。有什么大不了的，你现在所经历的一切在未来都会显得云淡风轻，到那时偶尔想起来还可以调侃一下。

所以现在你要好好睡一觉，然后对自己说：

嗯，明天的你又会是一条美汉子。

你放心，我过得很好

傍晚的时候接到妈妈的电话，那时我刚从学院门口出去取快递。最近武汉变天太快，还没等人反应过来，温度就已经降到十多度了。

我每天骑着小电驴跑到学院自习，在冷风飕飕的日子里叫苦连天。室友说，你干吗不买一个遮风罩？这么冷的天，我也是佩服你还能骑电动，还不如挤校车暖和。

于是我就灰溜溜地上网买了一件遮风罩，想着多少能挡些风，还能坚持骑几天电动车。等到天气再冷些，也许我也就只能妥协地去坐校车了。

我住的地方离学院很远，如果步行去学院的话，可能要走上大半个小时。食堂的附近有一个车站，每隔二十分钟会有一辆校车载着学生开进校内。

刚入学那会儿上课很早，我每天都会赶在七点半坐上第一趟校车，有时错过了，一个人在那儿呆呆等上二十分钟。每次等车的时候，心情并不总是平静，偶尔烦躁起来就会抱怨，为什么学校要这么大。

于是，就会怀念起大学时的宿舍，想着那时去教学楼多么方便啊，从宿舍六楼下来直到踏进教室只需要十分钟。慢悠悠的日子，和昆明素有的生活状态很是契合。

不过那时的我，并没有珍惜那种难得悠哉的日子，而离开后，我却开始想念。

我们好像很容易去怀念那些已经逝去的时光，虽然当时也总是会和身边的人抱怨那座城市的不美好，但等到真正离去了，却又开始念叨起某些有趣的事，还有一些温暖的人。

曾经满心厌烦的一切，似乎都沾染了不同的味道，不再仅仅是埋怨和讨厌。

取了快递后，我就坐在走廊的沙发上和妈妈聊。她问我：今天过得好不好？

我说：当然好啦，早上吃了面包，中午和樱桃小姐去吃了秀玉的咖喱焗饭，然后感觉自己特别幸福。妈咪吃了什么？

然后她就会在电话那头给我举出一道道菜，结尾来句：唉，可惜你吃不到。

我和她之间的对话一直都很简单，也总是离不开吃，因为在她的眼里，再没有什么比吃好睡好来得更重要了。每天照例要说的是，你再忙也要记得吃点什么，经常备点零食，饿了就吃点。

有次贺敏和我走在路上，我接了老妈的电话，母女俩就今天的晚餐展开了激烈的讨论，最后以老爸买了一条新裤子回来很开心作为结束语。

贺敏说：你好啰唆，也好无聊啊，怎么讨论吃穿就能打十多分钟的电话，真是服了你。

我回说：如果我不和他们聊这些，那么我就不知道该和他们聊什么，我们每天都要通电话，你觉得真有那么多重要的事情说吗？

因为想让他们放心，想让他们知道我吃得好、穿得暖、睡得饱，想和他们随意唠嗑、拉些家常，所以即使知道这些对话很没有营养，也很无聊，但在我眼里只要能和他们说说话，比什么都幸福。

之前有个人问我，如果别人问他过得好不好，他该怎么回答。

他说，他一直以来都是回答：放心啦，我过得很好。然而，过得好就是在这不大不小的城市里，和一群几乎不变的人在一起，每天过着相同的生活。一样的建筑，一样的景色，一样的一切。

他并不知道这样算不算过得好，也不知道这让人慢慢产生麻木感的生活什么时候会结束，也许一辈子就是这样。

其实他很想跟别人说他过得不好，可为了不让别人担心，特别是不想让最爱的亲人担心，所以他依然装作什么都是很好的样子，每天没心没肺地笑。

可当有人问起他：你为什么能够每天都这么开心呀？

他几乎狰狞地大喊：不开心又怎样，不还是一样过着每一天，既然这样，那为什么就不能开心点呢？

我不知道他说这话时对方会是怎样惊讶的神情，但我知道的是，任何伪装出来的过得很好的样子，到最后一定会演变成更多的不幸。因为伪装背后是多少强力隐忍的压抑和煎熬，一碰到某个触发点，就会倾泻而出。

五月天的一首歌的某几句歌词也许描绘出了他的心境，里面这样唱道：你不是真正的快乐，你的笑只是你穿的保护色……这世界笑了，于是你合群地一起笑了……

你觉得自己应该过得很好，所以你拼命地用你的开心和大笑告诉这个世界：你看，我有什么好担心的，我过得很好啊。

但你真的开心吗？

我在电话里和老妈说：妈咪，我不开心。

老妈问：刚刚还说幸福来着，怎么这会儿就不开心了？是因为天气冷，还是因为下雨，还是因为空气太干，还是因为姨妈来了，还是无缘无故就不开心？

听到这话，我直接无语了，早就没了不开心，就只顾着大笑出来，然后说：妈咪，你要不要这么懂我呀，以后别再拿我是医院门口第二个垃圾桶捡的这种说法来搪塞我，我一定是你亲生的。

我妈一直都是个乐观派，从小到大我眼里所有不开心的事情，在她面前都是小儿科。除了操心我的感情问题、管理我爸的身体问题，其余一切她都不放在眼里。

她的金句名言是，所有不开心的事情都会过去，但不能过夜，也不能总藏在心里，会生病的。所以啊，你不开心是正常的，重要的是如何快速处理这个不开心。

然后就演变为我总是无聊没事干了就和她抱怨说，今天又下雨了，不开心，冬天又到了，不开心，天气太干燥了，不开心。

她就习以为常地说，下雨天就别出去瞎溜达咯，冬天了那就躲被窝干活咯，天气干燥那就多喝水咯。

但其实，真正不开心的源头并不是这些。

人的情绪是很难抑制的，如果当天我有烦心的事，她一定能听出我声音的不对劲。我不喜欢一方面假装自己很开心，一方面情绪上却没有跟上，这种伪装反而会让她更担心。

最后，她会胡思乱想，是不是女儿出了什么大事情，才会这么郁郁寡欢。

所以，有时候我更愿意真实表达我的情绪，但换另外一种内容来表达，她能很快缓和我的情绪，我也能通过这些让她彻底放心。

有些人会问我：你怎么能每天都那么温暖呀？答案其实很简单，一个人不可能每天都很快乐，也不可能每天都很积极，当然天生的那种除外，像我这样的普通人，自然是通过最合适的方法找到了缓和情绪的方式。

我喜欢用轻音乐来缓和我的烦躁，喜欢用平淡的文字来安抚自己的情绪，也喜欢用跑步和发呆来放空思想，更喜欢和亲人聊天闲谈。

每个人都可以找到自己在不开心的时候平复心情的方式，但最坏的一种却是伪装。

假装自己过得很好，假装自己很开心，假装自己很合群，假装自己很喜欢你，假装自己不用别人担心。

假装到最后，一定会有些歇斯底里。原本很小的一件烦心事，积压久了，就会变成影响你一生的苦难。

　　如果情绪可以储存在心里，好的和坏的各占一半，你一味地只索取好情绪，那剩下的都是坏情绪。当坏情绪累积到一定的量，可能就会污染你整个内心。

　　只有通过合适的方式一点点释放这些坏情绪，你才有可能发自内心地开心和幸福。

　　你可以和别人说：你放心，我过得很好。你也可以和别人说：我每天都很开心。你甚至可以和别人说：所有的一切都没什么大不了。

　　但前提是，你真的找到了自己释放坏情绪的适当方式，泡茶、冥想、跑步、聊天，只要是对你有效的，尽管去尝试。

　　如果没找到，别假装你很好。

人生总有一场绝望

前段时间被媒体各种消费的女研究生被骗事件已经过去了一个月，很多人都在关心这件事背后折射出来的高学历和低智商的问题，可似乎没有人关心：当一个普通女学生背负47万元的债务后，她的人生将如何继续？

我并不认识这个女学生，所以我只能从我身边的人说起。

小米是我的小学同学，去年听另一个朋友说，她因为一起电话诈骗，被骗了15万元。

这些钱也许对有些人来说并不算什么，可对小米来说，其中5万是她攒了快三年的积蓄，而另外的10万是她跟别人借的。

小米的父母很早就过世了，她从小是爷爷奶奶带大的。爷爷去年也因病去世了，现在只剩下奶奶和她做伴。但奶奶的身体也不算很好，因为患有糖尿病，她经常要去县城的医院打胰岛素，这也是一笔很大的开销。

所以小米一直省吃俭用，专门存了一笔钱给奶奶治病应急用。三年下来，小米也算是有了一笔不小的积蓄，正当她想长舒一口气的时候，却发生了被骗的事情。

这是一场再普通不过的电话诈骗，像我们平常接到都会直接挂掉，可那天小米稀里糊涂就被绕了进去，然后一个小时的工夫就没了全部家当。因为受到恐吓，她情急之下还跟身边的人借了10万。

当清醒过来的那一刻，她想死的心都有了。

可她知道，这也只是一时的绝望，她能预想到接下来的日子会过得很痛苦，但一定还有路可走。她只能先找最好的朋友借了一笔钱用来应急，但事情还是很快传开了。

身边的人都开始指责她，说她怎么都不长点心眼，陌生人说什么就是什么，也不会分辨一下真伪，说到底，还是不经事。

本来她还算是蛮坚强的，可身边的人说多了，连她自己都开始怀疑自己以后能不能独立担当起这个家庭的重担。再加上她还要独自承担起这些债务，整个人痛苦极了。

她不是不知道，那帮指责她的人无非是担心以后奶奶的医药费会摊在他们身上。说起这个，奶奶并不是没有其他的孩子，但出于各种原因一直和爷爷两个人住在老宅子里。

那些本应该尽孝的人虽打着儿子、媳妇的名号，却推卸责任。小米从来就没怪过他们，因为照顾奶奶本来就是她自愿的，却没想到他们会开始怪她。

小米那段时间心里充满了愧疚，觉得是自己太不小心才让骗子有机可乘的，现在却要麻烦身边的人为她操心。她很想多干点事，可以多挣点钱，因为她现在的工作挣的是死工资，一时半会儿也省不出那么多的钱。

有个朋友介绍给小米一份工作，说她可以白天上班，晚上去足浴房给客人按摩，有些客人出手阔绰，会给不少小费。

也有人劝她不要去做一些来钱快的工作，还是踏踏实实做好眼前的工作，不能因为一时的急迫就令自己陷入一个更加难测的地方。

只是谁也不知道小米最后做了什么样的选择。

《解忧杂货店》的最后一个故事是"迷途的小狗"写来的一封信，主人公和小米的情况有些类似，同样是想要尽快能够获得更多的经济收入。

晴美想辞掉工作当一个全职酒家女，然后自立开店，她的目的是报恩。而最终很幸运的是，她得到来自未来的帮助，没有走上一条看起来充满质疑和冒险的路。

更重要的是，晴美的处境并没有想象中的那么糟糕，她只是希望把时间提前，让身边的人能更早享受到她带来的感恩。

那封回信并不是浪矢雄治写的，而是未来世界的三个抢劫犯写的，所以才会透露出未来经济走势的消息，还给晴美指了一条发家致富的好路子。

如果晴美当时还是毅然决然地选择辞职去当一个酒家女，那么也许她的生活也会过得很不错，毕竟这是个高薪的职位。但她还是会羞于告诉身边的人自己是在做着陪酒的工作，即使她并没有出卖自己。

很多事情，有因必有果，有好处也必有坏处，没有什么事情是可以两全的。尤其是对普通人来说，面临的大多数选择都是痛苦的，因为没有一个选项可以完全兼顾自己的物质需求和精神需求。

我知道，对此刻的小米来说，这也许是她人生经历的第一个绝望，而如果在这个绝望上再加一把火，那就有可能会摧毁她。

说到摧毁，我不得不提到慢慢淡下来的股市。

那算是全民炒股的时代，可当股市全盘跌到低谷的时候，对一些小康家庭来说，也许就是一场灾难。

我家附近的一户人家的主人，在股市跌停的那些天里，没能撑过这个秋天就自杀了。听我妈妈说起，是因为家里所有的积蓄都投进了股市，还包括用房产证抵押在银行的一笔贷款，全用来炒股了。

当时我听到这个消息是非常震惊的，因为身边的人都在炒股，我一度很担心那些也满盘皆输的亲人会有想不开的念头，所以那些天我都在不停地劝导他们。

对于股票这个需要一定分析头脑和专业知识的行业，我觉得普通人炒股完全是跟风，如果连上市公司的财务报表都看不懂，那其实就和赌博是一样的性质。

赌博靠的是什么？是运气。你觉得你自己会有用不完的运气吗？你觉得自己打麻将和打扑克的时候一定会赢吗？你觉得在整个行情都不好的时候自己就能轻易抽身吗？

如果你真的这么想，那对不起，股市一定会狠狠扇你个耳光打醒你。

别相信侥幸，请尊重实力。只有实力基础上的运气才会让你走得更远，而一时的侥幸只会让你陷入更深的绝望。也许最后，就是一败涂地。

那如果真的一败涂地，失去了名誉，失去了尊严，失去了金钱，我们还有什么选择吗？

答案是，还有很多选择。

但往往这时候的我们很容易做出错误的选择，因为绝望会抹灭内心坚信的那些好品质，甚至会直接让你失去生存的意义。

我们都是生而懦弱的，之所以能坚强地活在这个世间，一方面是因为身边有支持我们的人，另一方面是我们还有自己值得骄傲的某样东西。可当这两样都不存在时，内疚、懦弱和逃避都会一涌而出，像潘多拉的盒子一样带来魔鬼的气息。

如果从慈悲为怀的角度讲，一切都值得被原谅。即使是再坏的人也一定有他的理由，而之所以那么多人不会原谅那些坏人，是因为从社会角度来看，它有既定的规则和道德标准，这些约束着我们的行为，让我们成为更文明的人。

可事实是，绝望本身并不能成为逃避责任的理由。

一些人的一生也许过得很幸福，顺风顺水，没有什么大灾大难。可也有人会遇到一场或多场的绝望，但重要的并不是绝望本身，而是在面对绝望的时候，我们会做出什么样的选择。

有些人选择妥协，他们想用烟酒来麻痹自己，希望自己清醒的时候少于混沌的时候。如果可以，他们甚至想要学吸血鬼那套关闭人性的法子来让自己获得冷漠。

有些人选择冒险，他们希望用另一个谎言来弥补现在的这个绝望，比如缺钱的人希望用最快的方式来获得金钱，而缺爱的人希望用伤害别人的方式来汲取爱。可最终，他们都会陷入另一个无法自拔的深渊。

而有些人选择隐忍，他们坚持用最踏实和最简单的方式直面这个血淋淋的事实。这条路真的很难走，他们也会一直怀疑为什么会把自己置于这种境地，为什么人生会这么苦。

我不敢说哪一种方式是最好的，我唯一知道的是，就算真的到了坚持不下去的地步，也要守住最后一道防线，因为这是我们活在世上仅存的最后一点尊严和道德。

不求多么善良，只求做事心安。

也许有人会说，为什么偏偏是我遇上了这等绝望的事情，而有些人却能够那么轻松就过上幸福的生活。

我不想说这是人各自的命理，因为我还是相信科学的。可我始终相信因果，也相信一切的结束其实意味着开始，有些看似是绝境，也许正是你人生的另一个开端。

毕竟，如果还没有走到最后一刻，你的人生会过成什么样，谁也不敢打诳语，这也是未来带给人的无穷奇妙之处。

只有当我们回顾往事时，事情才会被慢慢梳理出它原本的模样，一条条脉络清晰可见。这时我们才会感叹，原来我们的生活是过成了这副模样。

昨天听朋友又说起小米的事。她还是去了足浴房打了一个月的零工，但始终觉得那个地方不适合她，恰好在足浴房遇上一个想创业做外贸生意的人，她本来就做商务这块，自己也很努力学习外语，就跟着他一起打拼了。

朋友问我：你猜最后怎么样，你一定想不到。

我说：我猜结局一定还不错。

朋友说：你为什么那么笃定？

我说：因为小米的运气还算不错，她也许遇到贵人了。无论结局如何，如果她能承担起自己做出的决定而产生的结果，那么她也该享受得起上天赐予她的馈赠。就算她会苦一段时间，那也总有甜的时候。

而等到那个时候，她的内心已很踏实。

别假装大人，也别永远长不大

　　最近《小王子》热播，我没能赶上去电影院看，于是就问了身边的朋友：你觉得整场电影看下来，印象最深的是什么？

　　有人说，小王子穿过一片玫瑰林的时候，想起了自己的那朵玫瑰，他明白了什么是爱。

　　有人说，小王子遇到小狐狸的那段时光，他们两个相互陪伴，让人觉得很温暖。

　　也有人说，印象最深的是那句："每个成年人曾经都是个孩子，只是有些人忘了。"

　　你还记不记得孩童时候的自己，而如今内心里的那个小孩还存在几分？

　　我是个很小孩的人。虽然表面上总是装作一副成熟的样子，喜欢在校园里穿着一身熟女风格的衣服，假装自己好像已经是个成年人了。但问起亲近的人如何评价我，他们会说，有时候太孩子气。

　　这算是缺点吗？

　　如果在工作上，这样总会给人一种不稳重的感觉，让人觉得自己没有担当。毕竟孩子嘛，还是少一点责任心，多一点随意。所以，你要学会让自己看起来很稳重，要让人觉得你很靠谱。

嗯，看起来像个大人，很重要。

以前遇到过一个人，长得一副高中生的模样，说起话来却是老气横秋的。和他相处下来，人生大道理学了一堆，心智也成熟了很多，却也老是被他批：

你的想法怎么这么单纯，别老是幻想自己能改造社会、能够成为英雄，你又不是三岁小孩了，现实点！

我们好像自然而然就认为，这个社会需要现实的人，那些假装长不大的人总是在幻想自己的童话故事，躲在孤独的星球上仰望星空。而那些长大的人已经在人生长跑路上甩开你整条街了。

身边有越来越多的声音也在告诉你：嘿，别孩子气了，该长大了。

别吵我，我已经很努力在学这个成人世界的规则了，再吵我就永远消失，躲起来不见你。哈哈，小心变成奴隶哦！

我小时候看过很多童话故事，有《格林童话》里的《青蛙王子》和《白雪公主》，有《安徒生童话》里的《丑小鸭》和《卖火柴的小姑娘》，还有《一千零一夜》里的《阿拉丁和神灯的故事》。

以前不懂每个故事到底在说什么，有时虽然知道是在讲道理，但其实并不能真正理解什么是悲剧，什么算喜剧。

就好像我以前不知道，好坏没有绝对的标准，每个人的价值观都是不一样的，衡量的角度也都会有偏差，有时甚至是主流思想在引导我们判断好坏。

不过我也认同莫璃的说法，人们总是会有一个基本的道德观，很多时候评判别人也大多是基于这个，再加上一定的私欲，从而形成了我们的观点。

这是成人世界的规则。而孩子的世界似乎来得更情绪化一点。

他们更容易满足，旁人送一颗糖果就会开心地笑，有人做个鬼脸就会跟着傻笑，生气的时候也会耍脾气，难过的时候就直接号啕大哭，想要什么伸手就要，不喜欢谁就冷眼相对。

似乎任性、单纯、自私，却也让成人无比羡慕和包容这样的他们。

看，多么美好的自我。

所以，我很爱我心中的小孩，她单纯、善良和简单，让我一次又一次相信这个并不美好的社会。作为成人必须修炼的很多技能，在孩子眼里，也不如一颗八宝糖来得珍贵。

我一直很好奇，在我们的心里，到底孩子和大人的角色各占了多少比重？

贺敏说，我觉得是三七分，或者再准确点应该是二八分，小孩的比重会少很多。在我的观点里，身体里的那个"小孩"应该是一种让世界更美好的愿望，而"大人"则更多是实现这些愿望的行动力。

每个人都应该拥有一颗孩子的心，但要学会用大人的方式去面对这个社会，让这个社会变得更美好。

小孩似乎都想成为superman（超人），但我们知道，这个社会并没有想象中那么美好，我们唯一能够做的就是成为一个不失本心的普通人。

如果你想要保护世界，那就先去做一个警察，保护民众不受到伤害。如果你想要拯救世界，那就可以当一个医生，用自己的力量挽救一个个生命。如果你没什么愿望，那就做好本职工作，过好自己的生活，别去危害社会。

所有的普通人，其实都可以成为最平凡的英雄。

这是我们这么多年来学到的价值观，也是我们需要悉心呵护的"小孩"。不仅仅是单纯、善良和正义，而是由内而外的一种美好追求。

贺敏是个理性的小孩，也是个感性的成人。她懂得用成人的思维保护内心的小孩，即使那个小孩也许小得可怜，但弥足珍贵。

而我的身体里却是一半的小孩，一半的大人。

我不想假装大人，难过的时候不允许自己哭，这样很懦弱。我也不想成为一个长不大的孩子，逃避成长过程中必须经历的苦痛，掩盖自己的无能，埋怨身边的人。

我想做一个半大人。

当我收到礼物时，哪怕只是一颗大白兔奶糖，都能够笑得开怀，告诉馈赠的人我很喜欢。

当我摔跤后，能够大声哭出来，然后爬起来抖抖灰尘，笑话自己下次要看路。

当我被人指责，被人嘲笑，甚至被人否定的时候，能够不屑地切一声，告诉自己别人不见得比你好，然后认真做事，证明自己。

当我受到夸赞时，会高兴地跳起舞来，也在心里暗暗说，别得意忘形了，你还差得远呢。

当我看到某个角落里的不美好时，也要让自己去接触更多简单而又善良的人，然后告诉自己，别害怕，这个世界没那么糟糕。

我想做一个半大人，不假装自己是个大人，也不逃避自己长大。

在大人世界里，始终保持孩子独有的想象力和纯真；而在孩子世界里，用更理性更深邃的目光注视自己，逼着自己面对成长的烦恼。

半大人的世界，才更有趣，更认真，更懂得生活的真谛。

嗯，好想快点看到这样的自己。

你没那么高尚，我也没那么自私

沈昕他爸从国外回来了，身边的人都说这是好事。当初骂他爸是忘恩负义之人的那帮亲戚现在也开始劝说沈昕：事情都过去这么久了，你还是原谅你爸吧，他一个人在国外也不容易。

沈昕一直都是长辈们眼中懂事、孝顺的孩子，可这一次，他说什么也不肯原谅。

在沈昕很小的时候，大概也就五六岁的样子，他爸就抛下他们母子二人，跟着别的女人远走他乡了。他母亲是个大字不识的妇人，平常只能给身边的人干点杂活补贴家计。所以当家里唯一的经济顶梁柱离开之后，这个家变得一片死寂。

他从小就知道，自己和别的小孩不一样。

不光是因为家里有这段不光彩的事情，也不光是自己从小就没了父亲，更不光是家里一穷二白，只能靠亲戚接济过日子，而是因为自己从小口齿就不伶俐，说话的时候总是会结巴："你……你……你在干……什么？"

然后会有一群并不善意的小孩学他说话："我我我……我在

吃……饭，哈哈哈……"

他有段时间甚至不敢开口说话，躲在家里不肯去上学，他母亲就陪在他身边，默默做着手上的针线活，然后流了整整一夜的眼泪。

母亲对他的期望很高，有时甚至让他感到窒息。

他承认自己非常痛恨那个男人，那个没有一点责任心的自私鬼。可他不敢承认的是，他也恨自己的母亲，而这个女人实在是太可怜了，如果自己再恨她，谁还会去爱她呢？

就这样，沈昕在缺少父爱和过多的母爱中慢慢成长起来，一路摸索一路前行，却并不知道自己真正想要什么。

他记得自己以前是很喜欢音乐的。那时隔壁家的小女孩每天傍晚都会弹钢琴，他放学后就会跑到女孩家门口，看着她纤细的手指在光滑的黑白键上跃动，一串串音符就这样飘到他的耳朵里，听得他心痒痒。

有次小女孩发现了他，邀请他进去玩。当他摸到钢琴的那一刻，他知道自己喜欢让自己的手指随意地放飞在这一方天地里，然后就情不自禁地笑了。

后来他就瞒着母亲跑去女孩家学钢琴，直到隔壁家的阿姨无意间跟母亲提起：你家沈昕还蛮有音乐天赋的，我家女儿找老师学了一个月的一首曲子，他一个星期就学会了。

当天晚上，母亲就当着他的面把女孩送的那本乐谱给撕烂了，然后抱着他哭：你一定要好好学习，不能因为这种事情分心，你妈我就是因为不识字才会被你爸抛弃的。儿啊，读书最重要。

他听进去了母亲说的话，从此把心收起来，开始拼命读书。

努力终究是有回报的。他不断给自己制订学习目标，也经常一个人在房间里朗诵，调整气息，克服口吃，时间久了，说话也就慢慢流利了起来，而学习成绩也一直都遥遥领先。

他小时候没有什么朋友，女孩子们嫌弃他是个连话都说不好的人，而男孩子们则觉得他是个书呆子，只知道学习，不会玩。

所以，上了大学后，当大家的目标都从好成绩变换到玩乐时，他却一下子转变不过来了。他还是那么认真地读书，认真地学习，认真地完成着母亲一项项的指标和期望。

直到母亲去世，父亲从国外回来，他这些年来努力堆砌的人生观和价值观就在一夜间崩塌了。

父亲在国外混得并不是很好，他当初死心塌地想跟着的女人也早就嫁给了当地的一个富豪。那时候年轻气盛，觉得就这样回老家太丢人，所以一个人在国外撑了这么多年，到现在还是光棍。

父亲回来那天，沈昕还在学校参加期末考试。之前他如愿地上了一所名校，也进了当时非常热门的一个专业，可之后他无论怎么努力，成绩都不能像当初那样名列前茅，他觉得自己有些江郎才尽，又觉得生活无比绝望。

而当他听到母亲因脑溢血突发身亡时，他一个人站在学校背后的半山腰上，号啕大哭。然后第二天买了回家的站票，人生中第一次逃了考试。

他从没想到自己还能见到父亲。在他最想见到父亲的时候，在他被人质疑的时候，在他受人欺负的时候，他幻想过这样的场景：

一个男人跑过来指着那帮小孩说，你们这群臭孩子，怎么敢欺负我儿子，都走开，走开。然后那个男人会跑到小卖部给他买上一瓶汽水和一包干脆面，笑意盈盈地看着他说，走，老爸带你打球去。

他想象那个画面都已经想了十八年，从一开始的奢想，到幻想破灭后的厌恶，再到现在的无欲无求。

他对这个男人已经没有任何念想了。

祖父母一直待他很好，他的一个表姐也把他当自家弟弟，他也从不认为自己缺爱就必须埋怨这个世界，因为他知道，爱是需要缘分的，没有无缘无故的爱，也没有必须拥有的爱。

父亲帮着处理完一切后事后，还是回到了国外生活。但从此他对沈昕的关心莫名地多了起来，会问他学习怎么样，谈女朋友了吗，未来打算做什么，像天底下所有父亲一样，关心儿子的一举一动。

沈昕也会接受那些善意的问候，他知道这个男人在慢慢变老。很多人也开始告诉他，你父亲虽然当年错得很离谱，但他现在已经悔恨了，你应该试着接纳他。

故事说到这里，我问沈昕：那你最后原谅他了吗？

沈昕笑了笑，反问我：你觉得我应该原谅他吗？

我说：听你的描述，你爸现在也挺关心你的，说明他也知道自己当初对不住你，现在想弥补了，我觉得你可以试着原谅。但说实话，你如果不原谅，我也可以理解，就算他现在爱你，也不代表他有多么高尚，而你不爱他，也不代表你有多自私。

公平，原本就是我们用来衡量世界的尺子。哪有绝对的公平，又哪有绝对无私的爱？

沈昕苦笑着说：难得有个人愿意理解我，其实如果他真的是发自内心地爱我，我又何尝感受不到，可他偏偏想要用父爱的高尚来捆绑我，用他的价值观来左右我，他连尊重都没学会，又何尝不是自私的表现呢？

我很爱我的祖父母，所以我愿意为了他们来妥协自己的选择，也愿意为了他们改变自己，让他们开心会让我感觉到满足，这才是爱的公平。

后来沈昕问我：如果你以后做了父母，你会怎么对待你的孩子？

我说：我现在要努力给他们营造很好的环境，让他们不必过多考虑这个社会带来的压力，自由追求自己喜欢的东西，不干涉，不强求，做他们坚实的后盾。

沈昕说：你真是典型的付出型，我就不会这样对待孩子，每个人都是独立的个体，虽然他们是因为我而来到这个世界的，但这也是他们的选择。

如果我混得穷困潦倒，他们也不应该怨恨我，可以自己努力寻找自己的幸福。而我也没必要为他们的未来埋单，希望他们能够学会，所有自己想要的一切，都需要自己争取。

我会给他们爱，但不是溺爱。我会教会他们做人的道理，但也要他们学会推翻我的道理，教他们尊重社会的权威，但不迷信权威。希望他们能成长为有独立人格、有担当、爱自己的成年人。

因为，我并不是那么高尚的父母，你也不是那么自私的孩子。

听完他的那段话，我一度有些震惊。

以前我一直觉得天底下最崇高的爱应该就是父母的爱，可我在成长道路上看到了很多和社会主流价值观并不相同的事实：父母口口声声说爱子女，却会瞒着子女去破坏他们的感情，也有人用自己的期望去束缚孩子，更有人其实年轻的时候并不想要这个孩子。

并不是所有的父母都是通情达理的，也并不是所有的父母都会爱自己的孩子。承认你的父母也许并没有你想象中那么爱你，也承认自己也许做不到父母所期许的那些事。

王朔在《致女儿书》里说过这样一段话：

我不记得爱过自己的父母。小的时候是怕他们，大一点开始烦他们，再后来是针尖对麦芒，见面就吵。再后来是瞧不上他们，躲着他们，一方面觉得对他们有责任，应该对他们好一点，但就是做不出来，连装都装不出来。再后来，一想起他们就心里难过。

成长到我现在这个年纪，其实根本不应该再去埋怨父母。他们已经努力了，努力过好他们的一生，努力学着如何去教养我们，也努力让自己适应新时代的变化。

这个社会已经慢慢让他们退出中心，他们也不用再为自己的前途和家庭焦虑，人生的不确定性也越来越小，所以他们也在想为自己找寻点存在感。

比方说，催你结婚，干涉你的职业规划，甚至是催你生孩子。

他们有错吗？有错。他们真的有错吗？其实也没错。

我很喜欢王尔德的一句话：孩子最初爱他们的父母，等大一些他们评判父母，然后有些时候，他们原谅父母。

父母其实根本不需要用高尚的道德和爱来捆绑孩子，而孩子也不需要用反抗和自私来回应不满。

你为什么不能试着去接受，这个时代变了，孩子长大了有自己的想法，你只要自己活得舒坦，管那么多做什么？你又为什么不能试着去接受，父母的出发点都是好的，只是对你而言不管用。

如果你没法改变孩子的想法，也别觉得他们不孝顺，更不用认为自己在家里的地位受到了威胁，承认自己的观念并不适合孩子，远比假装强势和威严来得更重要。

如果你无力妥协，也别去怨恨是父母逼的你。若你真的想要坚持自己，那就试着去说服他们，如果说服不成功，那就学会承担起即将面临的社会舆论压力。

父母的爱并没有那么高尚，而孩子的选择也并没有那么自私。我们无非都是想让软弱和伪装成为表面的盔甲，才会一步步走到今天这个支离破碎的局面。

就像沈昕说的：我承认我并不能原谅他，即使众人谴责的唾沫可以把我淹死。可说到底，他还是我的父亲，我也想要爱他，想让他度过一个舒适的晚年。如果他能收起那套约束我的道德标准，也许我能和他在老家里小酌一杯，像久违的好友一样聊天说笑。

这是我幻想的另一个画面。

总有一个角落，用来安放自己

初中那年，我总幻想着拥有一间大大的书房。

一张红木书桌，一排白色书架，上面摆着一本本整齐的书。我就那么席地坐在干净的地板上，背靠着书架，一页页地翻看着。

天色暗下来，饭菜的香气飘进了书房，母亲的叫唤声也传进了我耳里："囡囡，快下来吃饭咯！"

合上书本，我在门口穿上鞋子，一步趋两步地小跑下楼，心情愉悦地哼起胡乱编造的小调，却满脑子还在想着书本里的奇妙故事。

等慢悠悠地吃完饭，洗碗散步后，就又会溜进书房，找个舒适的角落，再看上个把小时的书。直到整个小镇都安静下来，身畔的呼吸声开始绵延，我才会打开封闭已久的窗户，望着黑夜里的几盏路灯，一脸的惬意。

我曾在梦里无数次勾勒过这样的场景，那是一种理想的生活。

有一次家里来了几个装修工人，母亲说要把店铺里的构造改得清爽些，我鞍前马后端茶送水，心里却惦念着，要不给我打个书架吧。

小房间里的临时书架早就摆不下一摞摞的书，还用几个大纸箱装着，这样的场景，怎么也美观不起来。以至于儿时玩伴来做客时，我就总想关上房门不让参观。

母亲答应得爽快，说：我也总想着给你弄个书架，这次一起弄了吧，不过得摆在楼上，等到时候咱们搬上去住时，也省得再张罗你的书房。

我早就高兴坏了，忙拉着装修师傅讨论书架的模样，母亲却在一旁戏谑说：你个姑娘家的，读那么多书做什么，可别以后成了书袋子哟！

后来就自然而然又有了一张米白色的大书桌，上面搁着一块透明玻璃，铺上一层绸布，两边各自摆上一盆母亲栽种的兰花，还有一盏护眼的台灯。旁边放了两把椅子、一个小沙发，还有一台直立的电扇。

加上原本的米白色书架，就这样，构成了我现在的书房。

整个书房面积也不过15平方米的大小，却安放了我七八年的青春时光。我在这里写过十来本日记，看过上百本图书，构思过几部小说，谈过几首吉他曲，跳过几段古典舞，睡过无数个午觉。

也在这里，安慰过焦虑、迷茫、痛苦、怀疑，甚至厌恶的自己。

记忆里，好像那一笔一画的痕迹还印刻在墙角的某处，等着好奇的客人前来寻找。

每一本书都被标记了编号，红色的小标签上落下蓝色的钢笔字，贴在书的左侧。把书擦干净，按照类别分好，少女踮起脚尖摆上书架，十足像个小图书管理员。

妹妹看了故意说：姐，等你走了，我就把它们都打乱。

那我就锁起来。

这样的画面，总是会在片刻间跳出来，然后自己忍不住笑出声来。

还有一次，有个调皮的小孩闯进来，穿着鞋子满屋子跑，踩了几本地上的书，黑色的小脚印就这样留了下来，以至于每次阅读那本书时，我都会想起那个早已长成初中生模样的毛孩子。

一点也不可爱。

也有过特别难受的时候，会锁上门，拉上窗帘，关上灯，然后一个人躲在墙角里，一边捶打着自己，一边又会不断告诉自己：别怕啊，别怕，这里谁也没有，谁也不会伤害你，谁也不会逼你，谁也不会瞧不起你。

然后一点点舒展开紧握的拳头，一点点放松下来，一点点看着书架反光镜里的自己发呆。

我好像能和自己对话。

后来我总会给自己寻找一处地方——在这个角落里，我愿意卸掉所有的伪装和防备，换上一件舒适的居家服，泡上一杯淡淡的花茶，从书架上随意拿出一本书，掀开厚重的窗帘，让阳光洒进屋子，我就窝在沙发上，一页一页地翻看。

心，莫名地就会静下来。

我一直都很喜欢这样的小空间，就像C小姐喜欢下雨天听电台FM（调频广播）。她说：听电台FM就像是自己走到了另一个世界，没有爱的纷争，没有利益瓜葛，没有冷嘲热讽，只有自己和音乐。

如果这时候能够躺在床上，然后慢慢地就进入了梦乡，等到梦醒的时候，就能勇敢面对这个世界了。

哪怕是催人泪下的苦相思，遇到爱就要大胆追；哪怕是糟糕透顶的人际交往，硬着头皮也要闯；哪怕是畏惧未来，也不能过分迷恋过去。

C小姐说：等雨停了，我就又开始前行，一路的阳光明媚。

我虽然不喜欢下雨天，也不怎么听电台，可我知道，C小姐和我一样，都在寻找一种安放自己的方式，让疲倦和劳累的自己能够休息片刻，而这不仅仅是身体上的休息。

年幼的时候其实并没有太多的烦恼，除了学习和人际交往，最多就是有个暗恋对象可以写些日记。可渐渐地，我们就有了太多的东西想去追求，有时甚至会忘了自己身在何处。

像现在，我已经很久没做梦了，也已经很久没找到自己了。

可每当我再次回到那个能够安放自己的角落里，我就能够重新发现自己，找到自己在这个世上存在的位置。

我们总是需要有那么一个地方，用来安放渺小而又脆弱的自己。希望你的角落足够让你卸下所有的悲伤和痛苦，当你走出那道门的时候，你能看到不一样的自己，带着温暖和希望。

答应我，好好活着

我曾经以为，我就这样死了。

我梦见自己站在一座高山上，下面是波涛滚滚的海水，听不到声音。双脚慢慢往前走，纵身一跃。惊醒时，已是满身大汗。

室友的呼吸声在空气里绵延，我闻到了死亡的气息。

一股烧焦的汽油味。

这股味道已经伴随我很多天了。只要我一醒来，只要我一呼吸，只要我还活着，它就一直都在。

我问室友：你有没有闻到一股汽油味？

室友说：没有。

我问同桌：你有没有闻到一股汽油味？

同桌说：没有。

我甚至问前来看望我的父母：你们有没有闻到一股汽油味？

父母说：没有。

他们用诧异和不解的眼光看着我，问我怎么了，问我还好吗，问我哪里不舒服。

我说：我很好，只是我感觉我快要死了。

我想我一定撑不过2010年的夏天，也一定撑不过高考的第一门考试，甚至也许明天我就得走了。

可我并不想死，我还这么年轻，我还没有看过世界，我还没谈过一场轰轰烈烈的恋爱，我也还没有给最爱的姥姥带去荣耀。

求求你，求求你们，救救我。

让这个该死的汽油味赶紧离开，让我闻到栀子花香，让我汲取新鲜空气，让这干裂的皮肤变得滋润起来。

求求你，求求你们，救救我。

不要觉得我很奇怪，也不要认为我无中生有。我不是疯了，我也没有生病，我只是不想死，不想离开。

小墨，你说，我还有救吗?

阿璃，别怕，我们会救你。

这是一个看起来有些荒诞，但却真实发生过的故事。故事的主人公是我的好朋友，莫璃。

她高考那年因为压力太大，一度得了幻想症，每天都感觉有人想要烧死她，她所到之处空气中都有一股烧焦的汽油味。

而做的梦也一直都是噩梦，有时梦见自己杀死了自己的父母然后内疚自杀，有时梦见自己跳河，甚至有时还梦到自己被人追杀。

死亡的恐惧让她以为自己活不过明天，她用近乎绝望的眼神向身边的人求救，可是人们并不能理解她的心情。

他们都以为她病了，把她送进医院，做脑电波检查，抽血化验，做全身检测，甚至看精神医生。

医生说，你没事。

然后他们都认为是她想多了，一些人从开始的关心也变为了后来的漠不关心，人们开始习惯了她这样的死亡谎言。

她躲在寝室的被窝里写下了《生命的一百天倒计时》，她甚至不敢睡觉，怕一觉睡下去就再也看不见明天的晨曦。

她害怕黑夜，更害怕一个人，她讨好着身边的朋友们：求求你，陪我一起走。

不过，幸运的是，那些善良的人依旧对她很好，父母也很关心、包容她。挨到高考结束的时候，她的症状也慢慢好转了。

虽然我和莫璃并不念同一所高中，但因为经常有联系，我几乎见证了她整个心路历程。

所以我知道，有很多人的心里，其实多多少少住着一片黑暗，在深夜里会放大，在阳光下会变小。

能够抑制它的方式，要么是治疗，要么是有人陪伴。

之所以写下这个故事，是因为"解忧小站"里收到了一封信，一封来自"一个无用人的自述"的信。因为涉及隐私，我在这里不会讲述她的故事。

但我真的希望，如果她能看到，一定不要那么轻易放弃自己，多向身边的人求救，努力爱自己。

生活虽然很累，但死亡并不是解脱的唯一方法。

我其实一直在想，人到底是在什么样的情况下才会选择自杀，又或者，什么样的原因会导致自己产生自杀的念头。

Joiner早在2007年就提出自杀人际理论，认为自杀愿望的产生是来源于两种人际状态：一是累赘感，二是未满足的归属感。

累赘感是指，个体会错误地认为自己的无能会给朋友、家人以及社会造成负担，这种负担使得个体相信自己死了会比活着更有价值。

而未满足的归属感是指，个体想要和他人联结和有人陪伴的需要没有获得满足，从而内心痛苦。

当这两种状态同时存在时，自杀的念头会达到最高点。

但因为人们天生就惧怕死亡，所以如果个体要实施自杀行为，首先必须克服恐惧和疼痛，并习得自杀能力。

只有当习得自杀能力时，人们才会把自杀从念头转为现实。

曾经有一个叫作走饭的女孩于2012年3月在微博上写下人生的最后一句话："我有抑郁症，所以就去死一死，没什么重要的原因，大家不必在意我的离开。拜拜啦。"

这是一个患有严重抑郁症的女孩，她生活在一个并不幸福的家庭，曾经跟朋友抱怨说自己没有存在感。但在生活中，她又喜欢把自己藏起来，像个隐形人。

她活在自己的世界里，很孤单，不爱说话，很内向。

她的文字像诗："觉得孤单的时候，可以在床上躺一个小时，然后爬下来去撒尿。回来钻进被窝，跟自己说，好温暖，好温暖，谁帮我暖的被子？"

如果她现在还在，一定是个很有灵气的女作家。

这让我想起了三毛，一个才华横溢到让人羡慕的自由女子，最后却是用丝袜结束了自己的生命。

她十三岁第一次自杀，二十六岁第二次自杀，而在荷西走后的若干年，她用死亡解脱了自己。因为她说，再活就嫌累赘了。

三毛和走饭一样，外表看起来平静，内心却空无一物。孤独，寂寞，无价值，无追求，还有来自外面世界的不理解和恶意，让她们把自己逼到绝境。

说实话，写下这篇文章的时候，我的内心是极其痛苦的。我并不能感同身受那些放弃者内心的挣扎，也不知道为什么事业如日中天的哥哥（张国荣）会选择跳楼自杀。

我所知道的是，我们身边的人对抑郁症和精神症状的理解和宽容程度还很低。

曾经住在我隔壁的高中同学在大二那年跳河自尽了，后来听朋友说起，是因为抑郁症。再加上身边没有人能够理解和陪伴她，甚至有些人在网上用语言恶意伤害她。

有人说：你怎么还不去死？你是不敢去死吧，你生来那么窝囊，连死都还是那么窝囊！

那是一个网络上的贴吧，我不知道为什么会存在这样的贴吧，最终让一个活生生的女孩离开了这个世界。

到底是什么让那些人变得麻木不仁？

很多人认为，抑郁症只是小事，甚至觉得他们肯定在装，人人都会有抑郁的时候，哪有到那么严重的地步会选择自杀？

据调查显示，50%以上的自杀死亡者患有抑郁症。这并不是一个看起来很小的事，在国外，抑郁症是一种很严重的心理疾病。

但我们身边的人，却总是在忽视、不接纳，甚至用异样的眼光看待那些患病的人。而那些患者也在逃避、迷惑，甚至害怕告诉身边的人，觉得这是一件非常可耻的事。

"你有病吧？"如果一个人这么说，那么就是在骂人。

我们自然而然会觉得这话不好听，而面对这些不好时，身体机能会自动回避，然后说，我没病，你才有病。

患病的人羞于告诉别人，可真正的重点并不在于别人的看法，而在于如何更好地寻求有效的方式去根治。

为什么我们总是喜欢逃避问题、掩盖负面的东西，却不愿意去正视它、解决它、战胜它呢？

因为身边总是存在这样一群人，他们用固有的观念束缚着你的思维，告诉你，有病要藏着掖着，要不然就是家丑外扬了，丢人。

他们还会用奇怪的眼光看你，就像鲁迅笔下的那群看客，自己的人生没好好过，就喜欢凑热闹听别人的悲惨故事，然后自我安慰"我这辈子过得比你好"。

他们甚至有可能选择嘲讽，提起你的时候说：他呀，脑子不好使，患了精神病，唉，可怜呀！

因为他们，我们变得畏畏缩缩。

不过也有这样的他们，告诉你别怕，你还有人陪。也安慰你，这没什么大不了，只要你健健康康，一家人开开心心，比什么都强。还鼓励你，这不是你的错，你已经很棒了。

你要努力去靠近这样的人，汲取他们带给你的温暖和勇气。你也要努力去表达你的不美好，因为你要让自己坚信，这种不美好只是一时的，它会慢慢走掉，你别贪恋它。

有时候黑夜走多了，你适应了黑暗，自然就会害怕自己不能正常走在白日阳光下。

可你也要知道，总有一个人会拉着你的手，带你走出你的黑暗，看到更多斑斓的色彩，红的、黄的、蓝的、绿的，还有光。

答应我，好好活着。

我们需要你，你父母需要你，你朋友需要你，你也需要你，你并不是一无是处的人，只是你还在慢慢寻找自己的价值和存在。

他们都不讨厌你，爱你的人也不会讨厌你，你也别讨厌自己。

最后，是我这个年纪和经历所能给你的一些建议，希望你还是能够找一位专业人士帮你一起找到自己。

1. 药物治疗

找专业的医生开药，一定要到正规的医院去看。如果可能的话，让你最信赖的人陪伴着你。按时吃药，还是有一定的缓解作用的。

2. 增强存在感

询问身边的人自己做的最好的一些事，然后努力让自己专注培养做那些事的能力，时刻告诉自己并不是一无是处，只是在某些领域不擅长而已。

3. 陪伴

找你信赖的人，告诉他们你的情况，让他们帮助你。别害怕，真正爱你和在乎你的人只会担心你，而不会嘲笑你。

4. 自我抗争

告诉自己不能贪恋解脱，告诉自己有很多想做的事，告诉自己还有活下去的欲望，告诉自己不能害怕面对现实。你的身体里住着小黑人和小白人，不能让小黑人经常出来扰乱你的心志，你要不断说服自己。

你要相信，每个人或多或少都会有这样的时刻，只是有些人找到了好的方式，你也要加油。

对不起，不能帮你什么。

亲爱的，别隐藏你的悲伤

前几天宸小姐没来打卡，我好奇地问她怎么了。

她说，难过的时候什么话也不想说，什么事也不想做，就想把自己封闭起来，慢慢等着伤口愈合。

我认识宸小姐已经有三个多月了，自从她打定主意要早起之后，每天六点都可以看到她的"早安打卡"，而七点可以看到她的"早起背单词"。

有时候，我都已经习惯早起第一件事就是打开后台，回复她的"早安"。

我把所有早期的关注者都编了序号，宸小姐是我的第35位好友，却是第一个和我说心事的家伙，我至今都觉得很荣幸。

所以，当宸小姐说出这句话的时候，我莫名就很心疼。

我不知道她遇到了什么，才会想把自己和这个世界隔绝。不过，我知道的是，她能和往常一样跟我说话了，那她一定是自己走出来了。

可亲爱的宸小姐，这并不是一个好习惯。

我前段时间分享了Guy Winch（心理专家）的情绪急救视频，他说，我们总是过度在乎身体受到的伤害，而往往忽视了内在受到的伤害。

一个小孩摔了一跤，他知道自己要爬起来，然后本能地去找创可贴疗伤。可他如果情绪低落了，却无计可施，只能让情绪自己慢慢恢复。

因为从没有人告诉他，该怎么治愈心理上的创伤。

亦如你，宸小姐，你也喜欢把什么都往心里放，所有的情绪都堵在一个地方，日积月累，然后在某个深夜里爆发，你就切断了自己通向世界的道路。

其实，我们都一样。

怡小姐说：我这几天很不快乐，可我却一直在用最大声的笑来掩盖自己的悲伤，然后让自己看起来不那么惨。

米小姐说：以前难过的时候会哭出来，现在好像熬一下也就不难过了。

阳光小姐说：一个人在外这些年，我总会告诉自己，这样挺好的，我的孤独虽败犹荣。

我们都一样，越来越习惯自我隐藏，自我疗伤，自我保护。我们用蜜饯一般的甜言蜜语包裹自己，用上等的鸡汤浇灌自己，用安全的房间掩藏自己。

却忘了，自己并没那么坚强。

我之前看过Eve Ensler（美国女作家伊芙·恩斯勒）的演讲，她是一个女性主义者，曾经帮助过许多饱受摧残的妇女，让她们懂得维护自己的权利。而她这一路走来的经历，也总让她目睹那些残忍和悲伤。

可她却说：一个人必须允许自己感到悲伤，只要我能够悲伤哭泣，然后继续前行，那样我就会过得很好。如果我总是假装看到的东西对我并没有造成影响，假装自己对那些东西没有感觉，那时我反而会有麻烦。

前几天我摔了一跤，两个膝盖上都磕出了很大的伤口。我很快就清洗和处理了伤口，却发现自己原来并不是身体疼，而是心里难过。

于是我很快就打通了柒柒的电话，告诉她，我摔了一跤，我很难过。

然后她就给我讲了个冷笑话：小明走在路上，一不小心掉进了一个坑，你知道他掉进去说了句什么话吗？

什么？

坑谁呢？

柒柒一个人在电话那头笑痛了肚子，而我站在黑漆漆的过道里，咧开了嘴。我知道柒柒的冷笑话一直都不好笑，可她却总爱给我讲冷笑话，还自诩是笑话大王。

真是个傻姑娘。

那天晚上回去后，我不再埋怨自己：你好蠢呀，走路也会摔出这么大的伤口；你好可怜呀，受了伤还要跑来跑去干活；你运气好差呀，今年真是什么都碰上了，不愧是本命年呀！

因为我知道，没有人会这么说我，只有我自己。

很多时候我们往往是自己把自己逼到了绝境，当失败和难过降临的时候，我们的第一反应并不是怎样缓解这些负面情绪，而是不停地苛责自己，否定自己，伤害自己。

等到时间差不多抚平先前的情绪时，我们才开始重新恢复力气，可心里却已经伤痕累累。

也许我们会暂时忘记，可等到下次负面情绪再出现的时候，同样的方式，同样的伤害，同样的画地为牢。

这样子的你，一定很累。

其实，亲爱的，并不是所有的事都需要自己扛，也并不是所有的苦楚都不可言说。你身边一定会有爱你在乎你的人，你为什么一定要让自己承担所有的悲伤和难过呢？

别总是害怕在别人面前流露你的情绪。你可以试着向你信赖而又亲近的人寻求帮助和安慰。你也可以试着让自己别多想，赶紧睡一觉，晚上的你会比较情绪化。

你也别觉得那是一种软弱，你的内心不过也是个孩子，软弱是她受伤时的常态。

你也别总觉得你能保护好她，有时候伤害她的往往就是你自己。

亲爱的，别总是隐藏你的悲伤。

难过的时候要哭出来，哪怕躲在厕所里大哭，也比憋在心里要好。有些话可以说出来，那些人不会嘲笑你，只会心疼你。

好了，我知道，当一切风平浪静后，你自然是一条美汉子。

不过是场小确幸

武汉的天气有点阴，好不容易等到放晴了，心情也跟着舒畅起来。

贺敏早在上个月就开始邀约，说这周有个好看的话剧演出，问我要不要一起去看看。

我笑说：活到这把年纪，还没看过一场完整的话剧，你说这样算不算挺没品位的呀？那次在樱顶的话剧算是我第一次看呢，结果咱们两个半路直接出来了。

回忆起那场话剧，贺敏一脸嫌弃的表情。在她眼里，那根本算不上好话剧，要不然也不会看到一半就拉着我出来了。

她用一脸崇拜的表情给我讲述另一个话剧社的传奇，那个让她看过一场从此就爱上话剧的奇妙社团。

所以，要不要我带你见识下话剧的魅力？

好呀好呀，深感荣幸。

于是就这样，我们两个怀揣着一丢丢的小兴奋跑到了另一所高校。嗯，话剧晚上七点准时开场。

那是我第一次去贺敏的母校，比起我们学校这座纯天然的森林公园，我的感觉竟然是，贺敏，你们学校应该多种点树。

扑哧——

贺敏早就习惯了我这种无厘头的话题，很傲气地没搭理我，但还是尽责地给我介绍学校的各个建筑楼。放眼看去，一些建筑很有欧洲的风格。

不过最具特色的，应该要数校车。

相比我们学校永远挤爆人的校车和热心却脾气火暴的司机师傅，我第一次见识到学校的校车可以这么风情。

竟然是观光车！

在大冬天里慢悠悠地走着，冷风飕飕地吹，竟还让人觉得挺自由。这要是在夏天，坐在上面环学校一圈，那也算是一种小确幸，闲散而又轻松。

下了车，贺敏带我去了"堕落街"。那是她心心念念了不知道多少回的地方，每次我说起校门口的麻辣香锅，她一定会补充一句：校门口那家呀，肯定比不上我们那条"堕落街"里的麻辣香锅，好吃到让你忘记回家。

每每这个时候，我都会搭上几句：行呀，下次带我去吃吃看，你主观色彩太浓厚，我吃了评价后才能算数。

冬天夜晚降临得早，"堕落街"上人潮涌动，各家商户早就亮起了灯，就连在外摆摊的移动商铺都想着法子撑起了一盏微弱的白炽灯。

贺敏带着我走了一路，在她的记忆里，这里的某处应该是独属某个商铺的，才一年多的光景，早就没了当初的模样。

倒闭了，又或许是换了地方。

于是，我们打算沿着街逛，看到喜欢的就买点吃。贺敏问我：你想吃什么？

一整条街估计有几十家小商铺，有卖饮料的，有卖煎饼果子的，有卖炒饭的，也有卖手抓饼。唯独我看中了一家炸土豆店，于是和贺敏说，买份炸洋芋吧。

我突然就想起那些年在昆明，满大街的炸洋芋，不分场合地买来吃。晚上饿了就买一份，白天馋了也买一份，出门聚餐必定要吃上一回。

可无论现在如何描述，当初是死也不肯叫"炸洋芋"，在我的认知里，它可以叫马铃薯，也可以叫土豆，而"洋芋"这个词，却像是昆明独有的词，为了不被同化，拼了命地想彰显自己的独特。

而如今，却是拼了命地想唤起年少时的记忆，还有那帮青涩美好的朋友，仿佛我们之间隔着的，也就不过一碗炸洋芋的时光。

——老板，来碗炸洋芋，不放葱花，不放香菜，少放辣椒。

——好，马上。

贺敏推荐我尝试一下梅干菜扣肉饼，咬上一口，甜甜脆脆，和老家自己做的那种味道不同，却也出奇地好吃。

我们一股脑买了热气腾腾的紫薯饼、酱汁浇灌的炸年糕、外脆里嫩的肉夹馍，还有一杯清爽可口的柚子汁。

两个女孩自顾自地喟叹，好好吃啊，好好吃啊。于是一路像是两只啄了食的小麻雀一样，喜滋滋地走在大道上。

学校的剧院外，六点就排起了长队。贺敏的身手比较敏捷，一溜烟就拽着我占据了顶好的观剧位置。今天的剧本是张爱玲的《红玫瑰与白玫瑰》，对于这部小说，大家都耳熟能详。

这是场值得赞叹的剧，于是我夸贺敏：哎哟喂，咱们家姑娘眼光很不错哟，这个话剧社排演得很精致，从灯光到服装，到剧本改编，再到角色演绎，都是非常不错的。

里面有句话被阐述得很到位："也许每一个男子都有过这样的两个女人，至少两个。娶了红玫瑰，久而久之，红的便成了墙上的一抹蚊子血，白的还是'床前明月光'；娶了白玫瑰，白的便是衣服上沾的一粒饭黏子，红的却是心口上的一颗朱砂痣。"

而我记得最真切的却是佟振保在抛弃王娇蕊后说的一句话：一开始我爱你，是因为你火热，放得开，而我现在离开你，也是因为你火热，放得开。

所以啊，为了名声和荣誉，他只能玩玩，不能当真。谁认真谁就输了，这话听来，怎么就无可反驳？

我问贺敏：你说，我们算是白玫瑰吗？

贺敏说：你愿意当白玫瑰吗？娇羞，无趣，以夫为天，却丝毫没有自我。

可我们做不了红玫瑰。她致命，有魅力，天生拥有姣好的容颜，也懂得示弱和维护男人的尊严，更知道怎么驾驭一段感情。

贺敏戳戳我的脑袋：羞不羞，干吗非得做玫瑰，你还可以做你自己呀，反正咱们两个也不是当玫瑰的料。做朵紫丁香吧，说不定还能遇上知音。

我们两个就这样，一路在黑幽幽的长夜里谈论着这场关于爱情和欲望的话剧。这有些熟悉的场景，仿佛还能追溯到这个夏天，坐在小电驴后座的贺敏，偷偷拍下阳光打在我们身上时投射出的阴影。

图片上传到她的空间，打下三个字：小确幸。

是啊，这些暖暖的回忆，不过也是生命中一场又一场的小确幸，微小却又确实的幸福。

趁着时光还没变老，和你身边的人不断创造这些小确幸，可以是美食，可以是美景，可以是一场简单的话剧，可以是一次随心的出游，甚至也可以是某个午后，在某个地方，享受独自一人的时光。

生活无非就是在忙碌后的闲暇时刻为自己留下一些值得回忆的画面。简单、温实而又真切的时刻，就好像下雨天，有人为你撑起伞。

你抬眼望去，遇见自己的小确幸。

最近我在发放问卷做调查，其间录入一个问题答案的时候，我陷入了深思。

因为我要操控一个概念，前面就设置了一段阅读材料，描述的是两种不同的生活观念，让阅读者根据这些观念进行举例。

我原本预想的是，大家应该都会举一些丰富多彩的例子。可结果是，有一半的人在描述自己的事例时，莫名被操控出一种悲观情绪。

其中有个概念涉及"重复"这个字眼，有人就举例：我们每天醒来就是吃饭睡觉休息，每周课程都一样，每个阶段都有升学考试，每年节日都在重复步调一致的活动，每次都以为这次会好好开始，可最后还是迷茫。

看完所有的问卷回答，我其实很惊讶。于是问身边的人，怎么现在的小屁孩都这么悲观呀？完了，我还担心这种情绪会影响他们的后期选择。

X问我：那你大学那会儿是什么状态？

我试着回想了一下，好像记起来的都是我跑图书馆、跑自习室、跑商场、跑学校、跑社团的场景，所以自信满满地说：我以前可充实了。

其实我没好意思说出口的是，我也经常有一段时间会躲在寝室啥也不想干，满脑子想着未来要做什么，嘴巴里吃着膨化食品，眼睛却盯着电脑屏幕看最新一期的综艺节目，手脚动也不动。

直到后来我实在受不了自己的颓废，就把电脑桌面上所有的视频软件都卸载了，扔掉了桌上的不健康食品，买了一块黑板每天写计划日程表，开始督促自己做事。

从一个相对比较颓废的生活习惯跨越到好的生活习惯，其实是需要很强的自控力的。而自控力的产生需要消耗很多的体力，一旦情绪上出现波动，就会很容易放弃。所以一开始我只是很简单地给自己布置几个任务，然后慢慢适应，从而坚持下来。

早睡，是我定的第一个目标。

有个朋友这几天发感慨说，以前听到大人说"年轻人别熬夜要早睡"就特鄙视，可现在发现不听老人言，吃亏在眼前。我们也开始慢慢接受很多自己曾经嗤之以鼻的道理，以后还会说出让自己的孩子们也讨厌的大道理。

我以前熬夜很厉害，大学四年几乎都是凌晨睡的。那时候仗着年轻，也没有父母在身边管着，经常会熬通宵后第二天继续神清气爽地去参加活动，后来慢慢就很吃力了。

其实熬夜对我来说最大的坏处是，晚上迟睡一小时，白天可能好几个小时都补不回来，然后精神恍惚，总想睡觉，做事效率也很低下。

后来我尝试连续好几周都是晚上十点睡觉，早上六点起来，效果是，整个人心情变得舒畅。起来第一件事是把今天要做的事写在白板上，在脑海里过一遍，如果能够提前完成这些事，就奖励自己去看个电影。

我之前看到过一篇关于晚睡的文章，说人一旦处于晚上的昏暗环境下，人的自控力就会变弱，很容易做出冲动的事，例如吃零食、看电影，或者网上shopping（购物）等。

甚至，感情上也会出现冲动，还伴随着强烈的孤独感和悲伤感。所以，最好的办法就是早睡，让自己尽量远离这些负面情绪。

更何况，早睡还能减压，尽量给自己营造一个舒适的睡眠环境，睡前听一些轻音乐，别再把白天的烦心事带到床上。

运动，是我定的第二个目标。

我一直都知道运动对我的意义很大，即使之前因为经常跑步小腿看起来粗了，但连续跑了三个月的时候，整个人精气神都是很棒的。

以前我不喜欢运动，仗着自己体形偏瘦，觉得锻炼没什么用。但室友一直劝我，你体质不太好，锻炼可以增强你的体质。

于是我就开始了为期很久的运动。那段时间是夏天，我每天早上起来的第一件事就是去操场跑七圈，经常看到很多老人也在那里晨练，甚至有些是长跑运动者。

跑步带给我最大的感受是，流汗的时候真的很痛快淋漓，这也算是减压的一种方式。当然，如果你对自己的体形很不满意，那建议你从运动开始，恰当的方式加上坚持，能出来还不错的效果。

写作，是我定的第三个目标。

一开始写东西，只是因为觉得有很多话想说，但身边渐渐找不到适合说话的人了。以前在大学我们都是集体活动，但现在搞研究都是单打独斗，既然找不到人说话，那就自己说给自己听。

我更喜欢团队协作，但一个人的时候也好，能让我有空间思考自己喜欢的东西。

但就像很多人跟我说的那样，我现在经历的事情实在是太少了，所以还在不断成长。而我希望的是，无论什么时候，自己都要对生活充满信任和期待。

即使我的生活一成不变。

关于写作，我其实经常会迷失，因为厉害的人太多了，驾驭文字的能力远在我之上。一开始，我其实会惆怅，埋怨自己怎么没有那样的好文采。次数多了，也就有了厌写的情绪。

后来我就慢慢告诉自己，别为了写东西而写，你就当是记录心情，记录心得。你不该害怕自己写不出好文章，你该害怕的是，如果有一天你不热爱了，那你也就完全放弃了。

还好，我还热爱。

前段时间因为很多事情都不太顺利，我就觉得自己好像要被世界辜负了。我开始胡思乱想，总害怕自己以后要是找不到好工作怎么办，对未来充满了恐惧。

直到有个朋友和我说：你最近一段时间很低沉，很情绪化，是不是想太多了？

离家，第一次绝望……

太多太多的第一次，让我想离也离不开你了。

你仿佛已经成为我生命中的一部分，即使我知道你是那么不完美——没有漂亮的脸蛋、曼妙的身材、知性的气质和优雅的谈吐，经常爱睡懒觉，喜欢吃着垃圾食品看无脑的综艺节目，说话一兴奋就很大声，一有小脾气就不爱理人，打冷战的功力比谁都厉害。

可我怎么就犯贱地喜欢你呢？

我喜欢你暖心的笑容，眼睛小小的，嘴角弯弯的，咧开一道口子露出两排整齐洁白的牙齿，看了让人莫名觉得很舒服。

我也喜欢你没心没肺的样子，即使别人有时说话中伤了你，不理你，你还死皮赖脸地想对他好，就因为曾经他给过你温暖，你觉得该用一辈子去偿还。

我还喜欢你可爱的小表情，说错话时不经意间吐舌头，搞怪时蜡笔小新一样的八字眉，狡诈时不怀好意的微笑，你想带给身边的人快乐，于是在没节操的路上越走越远……

咳咳，注意了，别走歪了。

我更喜欢你软弱时的模样，真的很像一只小白兔，可怜无助的小眼神瞅来瞅去，最后在快要放弃的关头又握紧拳头鼓鼓气，告诉自己哪有什么坎过不去，哪有什么忧愁值得留念，哪有什么感情散不走。

那时候我就知道，你这只软绵软绵的小白兔只是看起来温顺纯良而已，其实骨子里很倔强，很要强，又很傻白，可惜了，就是没有甜。

唉，以后你要多学学怎么卖萌，要不然怎么去装可爱呢？不过，我一想到你装成猫咪卖萌的样子，就起了一身鸡皮疙瘩。

算了算了，你现在就挺好的，别人喜不喜欢不重要，我喜欢你就好了。

我突然就想起去年这时候，你可怜巴巴地躲在房间里赶PPT（演示文稿），因为第二天有一个比赛，你要把所有参赛组的作品汇总，结果熬夜到凌晨两点。

那天也下了很大的雨，滴答滴答的声音落在耳边让你有些难过。几个男生朋友约你出去吃烧烤为你庆生，你手头的事情没忙完，只能拒绝了。

于是你在忙碌中疲惫地度过了你的生日，连口蛋糕都没吃上。

而前年，你跑去了大理，和某位小姐吃了一顿牛排大餐，我还记得你笑开了花的表情，甜美得不像话。

十一月份的古城，晚上不算喧闹，你拿着相机走在石板路上，看商铺边上一群你追我赶的孩子尽情打闹，忍不住按下快门记录了画面。

周遭的一切都显得很陌生，可你却觉得很有趣，于是就和布丁店的老板聊当地的风土人情，也发现旅店对面的早餐商铺的老板竟然是你的老乡，卖着你从小吃到大百吃不厌的小笼包。

你突然觉得世界生动了起来，没有那么多的隔阂，也没有那么多的防备，甚至还有一点点新奇。

每年柒柒都会给你打来祝福电话，只不过场景从猫咪吧，变换到公寓，再到寝室。熟悉的声音，让你发觉，这个世界除了我之外，还有很多人挂念你。

而当初那个你眼中永远长不大的小女孩，现在已经开始说出"孤独是一种常态"这样的话。

你才惊觉，时间不知打磨了多少人的棱角，练就了多少女孩的心智。走到最后，我们还能携手相拥，彼此轻描淡写地诉说这些年的往事，这是最好的结局。

虽然你们没有互相陪伴在一起，但只要一想起对方，莫名就感到安心。这样的人，你以后还能遇到多少？

无论多或少，眼前的人最重要。

以前柒柒总说，节日就要有节日的样子，该有的礼数要备全，蛋糕、礼物、聚会、朋友，一样都不能少。我那时鄙视她，作那么多幺蛾子干什么，简简单单就好呀。

直到现在，我才知道，如果不作，生活自然也不会精致和有趣到哪里去，甚至有些乏味枯燥。偶尔的日子里，就应该放纵地作一把。

让鲜花、蜡烛、美食、礼物、好友都一起上，在记忆深处留下一道色彩。等到年老的时候，还能回忆起某个有趣的画面。

如果能让我看到你有人陪伴，我也会放心很多。

说实话，这些年和你相处下来算是喜乐参半，你的情绪总是不受控制，让我难以把握你的平静点。不过好在我够聪明机智，还能让你在这个大千世界里保持一份热忱和信任。

我不算是一个称职的守护人，但我一定是你最忠实的朋友，或者为了满足你的虚荣心，暂且作为你的1号追求者，让你过把被人关注的瘾。

我不会嫌弃你懒——如果你不想走路，我就叫人送你；如果你不想干活，我就陪你玩耍；如果你爱睡懒觉，我就关掉闹钟陪你睡到自然醒。

我不会嫌弃你笨——你做错事也是一种成长，我会陪你挨批；你无知的时候也挺可爱，反正我聪明，能教你很多东西；你要是真的以后一事无成，我也会努力给你找个靠谱的家伙养你一辈子。

我更不会嫌弃你丑——别再说你眼睛小了，反正我喜欢；别再说你品位差了，以后我帮你挑；别再说你配不上他，你在我眼里最美丽。

我想我是爱你爱疯了，可我以前明明也很讨厌你。

果然，感情的常态无非就是喜欢和讨厌，最后还会演变为爱。如果真的爱了，再多的缺点好像也只是调剂品，生活无聊了，偶尔撒出来一点换换口味。

在我眼里，即使有时苦涩难耐，但大多数时候，有你陪伴的日子里，都是清淡鲜美里加一抹甜味，久了也不会腻。

我这样的一个吃货，估计还是挺想和你在一起品尝美食的。所以未来的日子里，还是由我来陪伴和守护你，无论风雨，无论黑夜，无论迷途。

只要你想，我一直都在。

第三章 ∧

生活没有对错，
只有是否快乐

QUIETLY GROW

父母反对的事，该不该去做

昨天收到一个读者在微信后台的提问：兔子，我有个很喜欢的男友，想结婚，可家里不同意，怎么办？

说实话，我当时的第一反应是我还没遇到过父母反对我结婚的情况，我倒是遇到过父母反对我转专业，父母反对我读研，父母反对我去大城市工作，父母反对我离家远，父母反对我找条件差的男朋友等事。

不过既然她问了，我觉得我该有点反应，于是我问：你家里是因为什么不同意呢？

她说：家里人嫌他家庭条件不好，没学历。亲戚家人都不同意，我妈为了这事都气得快生病了。

可是他对我很好，很会照顾我，也很成熟，任何事情都能做到面面俱到。他真的把我当自己的老婆一样疼爱，平时他花钱很省，可和我一起的时候从没吝啬过，愿意帮我做任何事。

感冒了催促我吃药，多喝水，工作上发生不开心的事，他会开解我，我很依赖他。我不是个成熟的姑娘，总觉得有他就什么事都不用考虑。很想和他一起有个家，但我又不想让爸妈难过，好痛苦……我很想有人能给我指条路。

一看到这里，我就觉得自己好像没有资格为她指条明路，因为每个人的情况都是不一样的，别人的经验始终是别人的，你要根据自己的实际情况做出判断。

于是我告诉她：姑娘，我不能给你指条明路，我只会告诉你如果我遇到你这样的情况，我会怎么去做，但这也仅限于我的想法，因为你是你，我是我，最后决定还是要你去做的，我不能替你去解决问题。

她问：那你会怎么做呢？

抛开父母的反对不谈，我首先会问自己：我真的爱这个男人吗？我愿意陪他打拼，陪他吃苦，照顾他起居，共同经营我们的未来吗？我愿意割舍掉现在的好生活，至少三年内要勤俭节约用心持家吗？我愿意为了这个男人去爱他的父母，为他生儿育女吗？

如果我做不到以上的80%，那么就有必要思考，我到底是不是因为贪图他给的温暖和庇护才想跟他在一起的。

一段长久的婚姻，并不能只有单方面的付出。如果我一味地向别人索取温暖，而不思考一下自己能给予他什么，那么很容易产生争吵和矛盾，最后说不定会验证父母当时反对时所说的话：不听老人言，吃亏在眼前。

她回复说：我不怕跟他吃苦，他很努力，不用两三年绝对可以让我过上好日子，所以我一直都是很相信他的。你这么说了，我感觉我就捋顺了我的思路，我爱他，愿意陪他吃苦，他也很努力地去奋斗。那这暂时给父母的伤痛是否就可以先视而不见呢？

当然不是啊。父母和你未来的伴侣都很重要，怎么可以给生养自己的双亲留下那么大的伤痛呢？

如果我确定自己很爱这个男人，也确定我们共同努力以后可以给我好的生活（我觉得每一个女孩子都应该得到宠爱和善待，应该有更好的生活），那我就应该让自己坚信这一点，不光是自己，也要让我的父母坚信这一点。

除了认为自己是世界上最重要的人之外，我的父母也很重要，因为他们生养我很不容易，我是他们的心头肉。父母都希望自己的孩子可以有更好的生活，我的父母也不例外，他们希望我过上幸福的日子，希望我能有人疼爱，有人照顾，有人像他们一样宠爱我。

所以，他们对我而言，是无可替代的，就算是我的另一半也不可以替代。所以，在两方都爱的人之间，我不能再软弱，要做好中间者的角色。

我上大学以前经常和我妈吵架，一开始只是强烈表达我自己的情绪，她也表达她自己的情绪，然后我们两个就像是关在笼子里的两头猛兽一样，互相撕咬，互相折磨。

到最后总有一方会妥协，可是无论哪一方妥协都会有不甘心和痛苦。后来慢慢意识到这个问题，我就改变了和她相处的模式。

首先，我不再一味地去表达我的观点。

因为她其实也不了解我真正想要表达的内容，她只是一味坚持自己固有的观念。况且我一旦生气，就不能把意思表达清楚，冷冷把话抛出去，也不管伤不伤人。

我记得我上大学以后她的第一次反对是因为转专业的事，当时我想从软件转到商科。我妈死活不同意，说那个专业前景那么好，你干吗要转。

我妈眼里的前景好不过就是道听途说的，她连Office（常用办公软件）都不会，能懂软件专业？

三姑六婆和所谓的路人害死人，唉！

深谙这个道理后，我就开始了解释。首先，我不会随口甩出一句："我就是不喜欢，我就是想转，你不懂别管！"

这句话很容易把她的火气点燃，因为大人其实很讨厌"你别管"这句话，就好像我小时候也很讨厌大人说："小孩不懂，你别管！"换位思考一下，你就知道为什么会争吵。

接着，我会告诉我妈，她说得很有道理，因为据我目前的了解，我也知道互联网很热，软件程序员吃嘛嘛香，要是我学有所成，说不定就能升职加薪，当上总经理，出任CEO，迎娶高富帅，走上人生巅峰。（哈哈哈！）

她很开心，说：那你知道这么好，怎么还转呢？

我叹了口气：可是你女儿很可怜呀！你看我眼睛这么不好，你和爸当年光顾着卧室里图浪漫，装了个红色灯泡，让我从小就近视，我现在要是没日没夜地在电脑面前写代码，以后瞎了怎么办？

她其实一直因为我眼睛的事情感到很内疚，想想就觉得特别对不起我。

我继续说：这也就算了，干这行经常要熬夜到凌晨两三点，我这半年下来都成黄脸婆了。更重要的是，我拼不过男生啊，写不出好代码，做不出好程序，以后找不到好工作，老妈，我觉得自己前途无望啊！

我妈那是真的彻底心软了，光顾着安慰我说：都是妈妈不好，害你这么辛苦，你要转就转吧，你喜欢就好。

最后，我会很开心地跟她说：我就知道老妈最疼我了。

谁家妈妈不心疼女儿，如果你也能心疼她，那么很多问题就不是问题了。大多时候，我们会和父母起冲突不过是因为懒得去理他们的观点，不想听，不愿听，他们也就只能强烈地表达自己的观点，来维护在你心里唯一的一点尊严。

唉！

可怜天下父母心。

回归到刚才那个话题，也许方法也是一样的。如果我和我妈遇到这样的问题，我首先要具备的就是耐心，我不会随口甩出一句："你怎么老提这个事，我不想跟你讨论"或者"我就是喜欢他怎么了"。

我会跟她说，老妈你说得对，他家条件是不好，学历也没我高，可能未来几年我都要跟着他吃苦。我也知道你之所以这么反对，也是为了我好，你的苦心我都理解。

你和爸爸辛辛苦苦养育我这么多年，含在嘴里怕化了，捧在手心怕摔了，好不容易把我健康养大，却没想到一个穷小子把我勾走了。说实话，我也觉得自己很吃亏。

更何况，别人家的女儿都嫁了条件很好的老公，怎么就我家孩子这么不争气呢？我觉得自己长得虽不是貌美如花，但也有几分姿色，虽没什么才华，但也有几分小聪明，没理由啊没理由啊！（允许我自恋一会儿）

我也知道，如果我和他结婚了，也许有很长一段时间你和爸会在三姑六婆面前掉面子。

可是，我虽然能理解你，你能不能也听听我的感受呢？

首先，我是真的很爱他，他也很爱我。他很照顾我，处处为我着想，我也很依赖他。你要是不放心他能照顾我，我可以带他过来让你考验一下。

其次，他虽然现在各方面条件都不是很好，可是我相信他的实力。虽然说我可以找一个比他条件更好的人，可我不敢保证那个人有他那么爱我，而且我不敢保证条件好的那个人会不会嫌弃我们家条件不好。

既然老妈你会想人家条件不好，人家自然也会说我。你看过那么多的家庭泡沫剧，应该知道越是有钱人家的媳妇越不好当，你女儿这么笨，哪有那么多的心思去陪人家绕呀？

最后，我要是嫁给了他，可能会让你们二老先吃点苦头，不能给你在别人面前长脸了，但是咱们也别灰心，这荣华富贵是缥缈不定的，一时的高峰说不定就成了跌停板，也许三年后我们就回升了。

如果你还是不放心，可以让我们先试着奋斗一年，别一棒子把我们打死，我和他都会努力做出点成绩给你们看的。

嗯，以上就是我遇到这种困境时会采取的处理方式，也仅仅是我个人的方式。

不过这种方式在我后来和父母的沟通中屡试不爽。我妈以前很反对我去上海或是杭州工作，只希望我留在家乡，后来在我的解释下，她觉得我在上海或是杭州工作也挺好，甚至说以后她还可以周末跑来给我做饭。

关于读研和找男友的问题，我妈也多次反对过，说女孩子干吗要读研，年纪大了不好嫁，找男朋友要找条件好的。

然后我又吧啦吧啦和她沟通了老半天，结果她现在也放开了，我们也不会再为这种事情吵架。

说服一个人，特别是一个爱你的人其实很简单，你要充分理解她，然后在她面前表现出足够的自信和对未来丝毫不畏惧的底气，那就80%能成功。

至于你对未来到底是不是毫不畏惧，鬼才知道呢！

先过好现在，注重当前的感受，坚定地走下去，"未来"是个特别遥远的词，别又瞎想了！

对了，忘记最重要的一点了。巴尔扎克说过这样一句话："一有人反对，爱情会变得像禁果一样更有价值。"所以，千万不能因为别人的反对而盲目投入，你所做的任何决定都是因为你自己。

并且，自己开了的海口，说什么也要吞下去消化掉。别把责任推卸给别人，那是小孩干的事。

谢谢你的好意，可我不需要

前段时间夏天跟我说，兔子，我身边出现了一个怪现象。

我很好奇，以为是她看见外星人，或是遇上蜘蛛侠，再或者是碰上大水怪了。

当我想象了许多精彩画面后，她有点忧伤地告诉我，室友之间的气氛很古怪。

她的室友小A非常努力，为了自己能有更好的未来总是早出晚归，辛苦奔波。但室友小B却恰恰相反，她更喜欢待在寝室看看韩剧，过过自己的小日子，也觉得无比幸福快乐。

但是小A看不得小B那么堕落，觉得那样的生活没有出息，于是便开始痛心疾首地批判。

小B自然是很不开心，两个人虽然没有争论，但把寝室里的人都弄得很不爽快。

夏天说，虽然知道小A是出于好意，但她也不喜欢这样的感觉。每个人都有自己适合的生活方式，也许你想要的优秀，别人不一定想要。

如果把你认为是正确的价值观，硬生生套在和你价值观相左的人身上，一定会出现不融合的现象。有时就算是出于好意，也会弄巧成拙。

更何况，真正的好意，不是硬生生的指责和批判，而是在她有需要的时候帮助她。

也许有一天小B会突然想要努力拼搏，那么小A就可以把自己的经验分享给她，帮她占座位，带她一起学习。

而不是逞一时的英雄，当所有人的楷模。

其实小A和当年的我很像，而处在小B角色中的那个人却是我多年的闺蜜孟瑶。

大学时孟瑶读的是国内外联合培养的国际金融专业，班级里大多数人只要语言成绩通过，大二时申请就可以出国交流。

大一那年寒假，她为了准备雅思考试，连我们的闺蜜聚会也没参加。

我一直以为她会去欧洲，去看看更广阔的世界，去享受不一样的生活、认识更多的人。可是她最后却放弃了。

听到这个消息，我立马就从图书馆跑出来拨通了她的电话。

我说：你怎么就放弃了？你语言考试都过了，就只差写一些申请材料、处理一些杂事了，再说你们班一半的人都出去了，那么好的机会，你到底在犹豫什么？

她在电话那头沉默了很久，而我继续不停地找出理由说服她。

我已经记不清她回了哪些话，可我却记得她最后说的那些话：

小墨，我问了刚交流回来的师姐，国外的生活没有想象中那么好。我不是你，为了看到不一样的生活愿意吃苦，我就只想简单快乐地读完大学，然后找份工作，嫁人生子。

还有，我从来没有说过出国读书是我的梦想，那是你的。

那时昆明的五月还很凉，我就站在空旷的红土高坡上，穿着一身单衣在寒风里瑟瑟发抖。

气氛有点尴尬。我放低声音说：我也是为你好，不希望你将来后悔。

因为是多年好友，就算我说了一些刺痛人心的话，她也不会很在意。

她说：我知道你是为了我好，但我也谨慎考虑过了，我这个人没有什么理想，也不想自己那么辛苦，我就想过舒坦的日子，一想到出国之后要想家，还要适应环境，还是觉得不适合我。

其实孟瑶一直是我们几个女孩中性情最温和的人，她喜欢简单的生活，不喜欢冒险，也很害怕孤单。

但这样的女孩，也很清楚自己想要什么样的生活，然后懂得取舍去过上这样的生活。

就好比现在，孟瑶毕业后回了老家，在一家银行工作，相亲认识了她此生至爱，明年元旦我就要当伴娘参加她的婚礼，而前段时间刚听她说，我可能要当干妈了。

一切都来得不能再好，曾经我眼里的错失的机会也没有让她错失幸福。

因为每个人都是独立的个体，而每个人都有自己独特的让幸福降临的生活方式。有时我眼中的机会和拼搏，不一定是她所需要的，她自有方法去释放属于她的精彩。

而我所需要做的是，在她孤单难过的时候陪伴她，在她失意落寞的时候鼓励她，在她幸福快乐的时候祝福她。

这才是真正的好意。

不知道你有没有发现一个怪现象：身边的人如果想要劝你做一件事，他的开场白一定是"你听我说，我是为你好，你要……"。

但很多时候，他这样说可能并没有完全站在你的角度去想，而是一股脑把自己的三观套在你头上，恨不得把你直接变成另一个他，又或者，变成当初他不能成为的人。

昨天羽儿打电话给我，跟我抱怨她妈妈又催她找男友。

这真是我们这个年纪的忧伤，也是那些曾经被夸过的乖孩子难以言说的苦楚。

我很赞同韩寒说的那句：中国的特殊情况是，很多家长不允许学生谈恋爱，甚至在大学都有很多家长反对孩子恋爱。但等到大学一毕业，所有家长都希望马上从天上掉下来一个各方面都很优秀而且最好有一套房子的人，来和自己的儿女恋爱，而且要结婚。

想得很美啊。

我跟羽儿说，当初你大一的时候她怎么还劝你要好好读书？你毕业才一年，刚要为了生存打拼，她却劝你别那么努力，别那么辛苦，别那么要强，嫁个男人有依靠才是根本。

到头来，还是她自己的观点，却没问一声：囡囡，你想要什么？

其实我知道羽儿想要什么。

她曾经是人人口中称赞的好姑娘、乖孩子，以前刻苦读书，是村子里唯一的女大学生，现在努力工作，经常回家看望母亲。

让我印象深刻的是，她曾经因为没有考上教师编制，就被村子里的人说长道短，人情凉薄可见一斑，这却也让她坚定了自己的想法去大城市闯荡。

她不是不想谈恋爱，而是当曾经强迫她不谈恋爱，和男生交谈就会被认为是早恋的这个社会舆论一下子对她开放时，她有点惊慌失措。

她说：小墨，除了高中诗社里的那两个男生，我没有什么异性朋友。我听了我妈的话去相亲，可是这种方式让我很厌恶，我甚至开始厌恶起自己的无能。

她说：我不排斥恋爱，可我排斥太有目的性的婚姻恋爱。

她还说：我知道我妈是出于好意，希望能有个人照顾我，而我在脆弱的时候也会有这种想法。但是，我真的不能强迫自己随便找个人嫁了，我不想让自己变成传宗接代的工具。

我听到电话那头她的声音有些哽咽，自己也开始心绪不宁起来。

我一直很不明白的是，为什么同样是独立的生命个体，却偏要把自己认为好的东西也要别人认为是好的呢？

为什么我们总想把自己实现不了的愿望，强迫别人去实现呢？

为什么我们身边总是有那么多人喜欢打着"为你好"的幌子，却不顾你真正想要的东西呢？

也许是想凸显自己的特别，希望自己能成为别人的榜样。

也许正因为自己实现不了，如果你爱的人实现了，那也算是有个盼头，能把成功意淫在自己头上，爽一把。

又或者，也许你只是想把原本自己应该承担的舆论责任交托给另一个人，你总算是完成了这一生的使命。

可女人这一生一定得结婚生子的使命到底是谁赋予的，你有没有问问自己？

我没问，也无从追溯答案。

我只知道的是，虽然所有的好意都值得被感谢，但并不是所有的好意都值得被接受。当好意来临的时候，先问问自己，你需不需要。

如果需要，请感恩；如果不需要，请勇敢地拒绝。

也希望未来的我不要成为滥施好意的人。

这个年纪的我们啊，总是很心急地想要获得成功，生怕一不留神就被别人比下去。

我小时候并不在意身边人的眼光。

那时候一无所求，只知道逍遥自在地玩耍。偶尔会担心一下作业还没完成，想着明天会不会挨骂。但大部分时间都是想着明天该找谁跳皮筋，什么时候去甘蔗地里偷吃，田地里的稻谷不知道长成什么样了，和爷爷一起去摘菜的时候该带什么零食过去吃。

想多了就会喜滋滋地笑，一脸的天真烂漫。

现在的小孩却不那么幸运了，从学前班开始就承载了太多的期盼和压力。而我那时很幸福，没有人约束我埋头学习，也没有人逼我去报兴趣班，更没有人因为我的班级排名而痛心疾首。

我每天放学了也不爱做作业，先兜一圈朋友家，看看能不能拐到几个志同道合的玩家；再去小胡同里晃荡一会儿，勾搭几个小妹小弟玩游戏；实在无趣了，就跑去爷爷的田地里，学癞蛤蟆跳，逗蚯蚓玩。

虽然作为知识分子的外公有时会觉得我不成器，但爹妈不管，爷奶盛宠，我就这样当了十数年小霸王。

至今想起来，觉得自己人生中最爽快的时光莫过于小学那时候，不争不抢，无欲无求。甚至老师问起以后想干什么，别的孩子都说科学家、医生和宇航员，我却回答：游戏家。

其实就是爱玩，又觉得要正式一点，于是在后面加了一个"家"字。听起来挺霸气，同学们笑得很开心，老师却有点生气。

我儿时玩的游戏数不胜数，以至于到现在玩游戏的时候总会被人夸有天赋。

当时的玩伴大多是女孩，所以玩的无非是过家家、跳皮筋、丢手绢、跳房子、编手链等。虽然心不灵，但那时手很巧，编五角星，折千纸鹤，做纸风筝，然后买一大堆的铃铛做门帘，叮铃铃地响遍整个弄堂。

如果小时候有网店，我一定能成为赚零花钱买糖吃的手工艺品小老板，然后雇一帮小屁孩，干一番大事业。

长大些，觉得这类游戏太无趣，就开始屁颠屁颠跟在长我四岁的哥哥身后，学他做弹弓，然后跑到没人的竹林里，扫射停歇在树上的麻雀，有时甚至跑去养蜂人的家里，躲在木灌丛中，远远射中蜂窝，然后两个人边跑边大笑，无比肆意妄为。

也会跟着他去别人家的田地里偷甘蔗、偷地瓜，叫上弄堂里的小三小四，在油菜花田中大摇大摆地吃喝玩乐。

凿一个小坑，画一条线，从兜里掏出几颗弹珠，晶莹剔透的光泽映着一张张兴奋而又稚嫩的脸。哥哥一声令下，乳白色的弹珠就骨碌骨碌滚出去，进洞，反弹，又进洞，欢呼和可惜的声音在一方田地里此起彼伏。

当然还有很难让人忘怀的老虎机，两个人偷偷跑去小卖部，用省吃俭用攒下来的零花钱一把把地玩，赢了就哥俩好地胡吃海喝，输了就骑自行车出去兜风。

整个夏季肯定是少不了玩水的，老屋门前就是一条河流。

平常摇小船捕鱼、抓小蝌蚪、采菱角、逮螃蟹和虾这种乐趣自然少不了，等天气热些，就会下水。年长的在水里很随意，小孩们套着救生圈扑腾扑腾学游泳，水很清澈，有时还能调戏小鱼和水草。

我一直觉得小时候的自己很有趣，可成长的步伐却渐渐逼近，一点点禁锢住身躯和思想。我还没来得及反应，就陷入了怪圈子。

古代有科举制度，寒窗苦读十年，只为一朝金榜题名。虽然现代人的观念有所开化，但教育体制还是一样的，对所有寒门子弟来说，读书可能是改变命运的唯一途径。

所以，上了初中后，我离开老屋去了新宅子，爹妈就开始对我灌输：你得好好读书啊，这样才能找到一份好工作；你读书的时候要结交一些有用的朋友，多向他们学习，以后也可以互帮互助。

老师们也总是把和颜悦色留给成绩好的同学，好机会就更不用说了。这个社会遵循优胜劣汰的法则，你想往上走就得遵守社交法则。

小时候父母太忙顾不上管我，初中时却把我安排去了学校最好的班级。

那时候，学校每一个月就要来一次测试，每次测试后成绩都要排名。虽然名义上说不公布，但大家都死命想知道自己的成绩排名，看看这个人比自己高多少分，那个人比自己少多少分。

最可怕的莫过于每次考完之后对分，像是打一场心理战："哇，我这道题对了，我还以为我做错了呢！""完了，我这次又考砸了，数学对分错了好多大题目！""××这次肯定比我考得好，明明我比他更努力了啊！"

因为父母管得严，我在新地方也没有玩伴，只能一心学习，竟也争气地从全校几百名噌噌噌跑到了前一百，然后是前五十，最后是前十，然后保送去了重点高中。

我妈说，她从没奢望我成绩有多好，只是觉得别人家的孩子成绩那么好，咱们家好像不能输。谁想到，我竟然完成了从"自家倒霉孩子"到"别人家优秀孩子"的"涅槃"，她觉得受宠若惊。

可我并不快乐。

不对，其实我是快乐过的。

我所快乐的是，当我妈说起我那遥遥领先的排名时，旁边一众大妈羡慕的眼神给我妈带去的满足感。我还快乐的是，老师总是会优先考虑到我的特殊情况，并且愿意倾听我的想法。我更快乐的是，家里从来没有因为我的学业成绩争吵过，简单来说就是让大人省心。

不过，说实话，初中是我人生中最黑暗的时期。在别的女孩打扮得漂漂亮亮上学和小伙伴们玩耍时，我和一帮尖子生在实验室里讨论竞赛题，每晚补习到八点才能回家。

我从前的玩伴都离我而去，身边的朋友变成了优秀但似乎不爱玩的人，我们在一起探讨解题思路，也会在每次考完之后对题目，然后坚称自己考砸了，还会回去难过一宿，其实不过是这次试卷出难了，大家都一样。

生活除了"三点一线"，就再没有惊喜可言。我不能和朋友出去浪，也不能一个人出远门，更不能长时间跑到乡下去玩。

我变得越来越沉默寡言，也不再期盼有什么意外，甚至晚上开始做噩梦。

我把每一次的考试都看得很重要，因为我是别人家的孩子，要是考砸了，那就会坏名声。我也把自己的言行看得很重要，因为我代表了一种榜样，要是干出什么偷鸡摸狗的事，那就会丢面子。我更把自己太当一回事，和别人说话带着并不是与生俱来而是后天培养的优越感，其实真正遇见比我强的人，却又无比自卑。

于是，在这种自负和自卑之间，青春期的无助显露无遗。

并没有人告诉我，你应该问问自己想要什么、害怕什么、恐慌什么。父母说的永远都是他们期盼的，老师说的也永远都是他要求的，朋友说的也永远都是她想要的。而我，也在这样的环境下，被驱使得越来越不像儿时的自己。

说来也好笑，我那时候甚至每天思考，人为什么活着，宇宙是什么样的，如果我不是我，那这个人会有什么行为；为什么男人会喜欢女人，社会为什么禁止我们恋爱，人们除了繁衍后代，为什么要结婚；为什么明明有钱却还想要那么多的钱，有了钱却也不花钱，工作到底是为了什么。

当时我妈觉得我入魔了，所以整夜整夜陪我聊天，足足陪了我三个月。

我在青春期并没有什么叛逆，但本质却一样，都是因为迷茫和无知，所以在寻找意义。叛逆的孩子找的是存在感，我也一样。

我很羞于告诉任何人那段经历，因为我妈说这是不光彩的，可其实并不是。你之所以不敢说出来，因为你还在意，如果你真的不在意甚至已经正视它的存在，那么就不是什么大事。

所有的秘密，都是因为遮遮掩掩才让人充满好奇。肉体是这样，心事也是这样。

但其实我们都知道，能有多美，能有多惊世骇俗？时间久了，还不是被忘在脑后，甚至连饭后谈资都不够格了？那些丑闻，那些隐秘，那些不光彩，都会在时间的发酵下慢慢沉淀，消失，遗忘。

人们太容易愤慨，也太容易原谅，更容易喜欢，情绪总是一时的，来得快，去得也快。能够在大风大浪中挺下来的，那就是未来的英雄，例如我喜欢的女神汤唯，又例如能上中国TED的伊能静。

我们都活在一个需要被人认可和尊重的环境中，所以我们才成了需要别人抽动的陀螺。

但现在的我却不会像青春期那样，为了别人的期待成为"别人家的孩子"。我不知道其他"别人家的孩子"是不是和我一样，曾经并不是出于本心而担负了无数的期盼和压力。

有人说，优秀是一种习惯。

我相信这个说法，但我却觉得，这个习惯背后，是各种高于一般人的压力和强迫，逼着自己始终走在这条道路上。一些人喜欢，他们盖过优秀成为卓越；一些人坚持住了，他们付出很多保持优秀；而另一些人则被淘汰，归于平庸后愤愤不平，却又无力挣扎。

可无论哪一种，只要心境平和，认清自己的所需所求所能，都可以在这难得的人生路上走出一番精彩。

并不是所有人都天赋异禀，因此可怕就在于，自己成不了天赋异禀的人，也找不到适合自己的位置，于是蹉跎啊蹉跎，把遗憾和埋怨留给下一代，代代相传，连绵不绝。并不是所有人都能成为"别人家的孩子"，也并不是所有人都愿意成为"别人家的孩子"。

希望我将来的孩子，可以成为自家的孩子。我也会为你努力，创造这样的环境。

因为你始终是你，不是我未来希望的延续。

有时
沉默更可怕

1.

我从小就很害怕沉默，这比争吵更让人绝望。

高中的时候我有一个非常要好的朋友，我俩几乎是形影不离。旁人总是打趣我们，说是连体婴儿，我们两个也就这么肆无忌惮地疯下去。

当时她是住校生，我家却离学校很近。她总是嫌弃食堂的早餐很难吃，但住校生不能轻易出门买早餐，所以我每天都会骑车路过包子店，给她带份早餐。为此我还充当了好多人的早餐快递员，后来因为实在带不了那么多的早餐，就拒绝了其他人的要求，但她的早餐每天必到。

前桌的女孩有次取笑我说：怎么感觉你像是笑笑的男朋友，你这么宠她可不行啊！

我很无语地没反驳，但只有我知道，她也一样在宠着我。我是个很情绪化的人，但一般不表露出来，只有身边最亲的人才能感知到。天气不好心情就糟糕，事情一不顺利就陷入低沉，把学习看得比什么都重。青春期的我，敏感得就像是一只刺猬，她却愿意打开她的盔甲保护我。

当然，这不是爱情，我也不是"蕾丝"。只是无论什么样的感情都会产生占有欲和嫉妒感，这种感觉容易让人崩溃，尤其是友情，毕竟她不止你一个好朋友。

2.

高一下半学期的时候，我们班里来了一个转校生尤米，白白净净的一个女孩，很文静。

笑笑一直是一个阳光活泼的女孩，她就像一个小太阳让身边的人充满笑容。尤米刚来的时候很怕生，平常也是一个人去吃饭，体育课也不大爱和我们玩耍，有什么集体活动也找不到伙伴当搭档。因为她也是住校生，和笑笑一个寝室，笑笑晚上回寝室的时候渐渐会和她一起回去，也会开始陪着她去食堂吃早餐。

有次上体育课的时候，笑笑很认真地问我：以后我们玩耍的时候能不能带着尤米一起？笑笑说看着尤米一个人挺孤单的，况且她还不能适应新环境。我自然赞同，因为我也挺想帮尤米，毕竟一个人是很辛苦的。于是，我们三个开始愉快地玩耍在一块。

但是，这种关系总是不稳定的，尤其是对青春期的少女来说。沉默的开端是因为生日礼物。我生日的那天，收到了一份并不满意的礼物，往年的生日笑笑总是会给我最想要的礼物，比如四叶草项链、棒球帽。可是今年我收到了一个玩偶，还是只bear。我虽然从来不说我讨厌玩偶，但是我对有毛的东西都敬而远之。

最终我还是很高兴地收下了。尤米开心地对笑笑说，你看吧，我就说她一定会喜欢的。尤米送给我的是一个玩偶挂坠，笑笑说她们两个挑了很久。看着她们俩之间的默契，不知道为什么，我整个人顿时愣住了。

3.

第二天上学的时候，我给笑笑和尤米带了早餐，因为排队的人很多，我等了很久才买到，结果光荣地迟到了。进学校的时候，被抓住扣了分，我一上午的心情都很糟糕。

进教室的时候，我把早餐放在了她们两个的桌上，笑笑凑过来跟我说："你今天怎么迟到了？"

"还不是因为那家包子店每周一人都特别多，你赶紧趁热吃吧！我得写份检讨书了，郁闷死了！"

"你以后不用帮我们带早餐了，尤米说食堂的小米粥挺好喝的，我今天尝了一下觉得还不错，以后我们在食堂吃好了，你也就不用这么辛苦了。"

我笑着说好，心里却不是滋味。那天后来，我再没理过笑笑。她坐我的右手边，下课的时候她会凑过来看我在干什么，每次她一靠近我就起身离开，假装上厕所。次数多了，她觉得尴尬，就和她前桌的尤米聊天。

4.

我们就这样没理对方好几天，我总是会以各种理由避开她们两个。我用沉默宣泄我的怒气，而笑笑以为沉默能够平息我的坏情绪，美其名曰，冷静一下就好了。

谁想到，事情愈演愈烈。我的回避非但没有让笑笑主动靠近我，反而让笑笑和尤米之间的感情变得更深。

笑笑知道我在生气，却不知道我为什么生气。她以为我一定是"姨妈"来了，于是那几天也就正常地和尤米有玩有吃的，还会一起探讨作业。可是看在我的眼里，就是可怜的自己被抛弃了。

因为爱得越深，所以占有欲越强，对天蝎座的我来说，尤甚。

我开始和身边的其他同学玩耍，也和一些镇上的孩子一起骑车回家，再也不给笑笑和尤米带早餐，反而有时会给前后桌带个早餐改善伙食。中午吃饭的时候会和另一帮人一起，体育课玩游戏也是和她们一起，晚上也会和她们一起上竞赛课。我的学习成绩越来越好，朋友也越来越多，可心里却堵得慌。

5.

我和笑笑之间，就像隔着一堵沉默的墙，逾越不过。

有次我们两个偶然碰到，面对面走过，只互相看了对方一眼。她有很多疑惑，我也有很多好奇的问题，可时间久得让人说不出口，仿佛一开口就会向对方认输一样。于是，只能各自擦肩而过，像是互相不认识的陌生人一样。

这样的状态一直持续了半年。

高二的时候，学校分文理班。我考去了理科实验班，而笑笑和尤米一起去了文科实验班。高二期末考试结束的时候，全班建议说开个离别聚会。

我没去。因为不想面对分别的场景，尤其是当年的三人里只有我去了理科实验班，感觉像是被抛弃了一样。这该死的自尊心！

6.

听说，笑笑那天喝醉了，拉着尤米讲了很多我和她之间的故事。她一个劲儿地问尤米，为什么我和她之间会变成这样，为什么把她当成透明人，她到底做错了什么。

尤米后来找到我，说她从来没见过笑笑这么难过，她也一直很好奇为什么我和笑笑之间会变成这样。她说她想了很久，觉得唯一的原因可能是她插足了笑笑和我之间的关系。她还说，如果真的是这个原因的话，希望大家能摊开来说清楚，她是真心把我和笑笑当最好的朋友的，她不想因为自己失去两个朋友。

我说，不关你的事。有时候一个很小的矛盾拖着不解决，总是以沉默回避的话，时间久了，也就说不出口了。我和笑笑之间其实没什么大不了，只是现在真的不知道该开口说什么了。

后来，我和笑笑算是和好了，只是关系再也回不到当年的亲密无间了。

有时沉默更可怕，时间越久，越会吞食你们的感情，直到消失殆尽。不光是友情，爱情也是。

如果现在的你正在和你爱的某人赌气，别总是用沉默回避问题，有时候吵架都比沉默要好，至少这还能证明你们相互在乎。沉默久了，再深的感情都容易瓦解掉。

我是在微信后台认识超哥的，他是一名肿瘤医生。

我已经不记得他为什么来到"墨迹人生"，只记得在他介绍自己职业的时候，我的心咯噔了一下。

然后和他闲聊，他说，每天都有做不完的手术和整理不完的病历，一整天都特别累。在医院里，什么样的迷茫和忧伤都不会存在，只会上演一出出真实却又撕心裂肺的生死离别。

可是他的心态却很好。

那段时间我每天早上六点起来，一一回复后台的消息，跟陌生的朋友们道早安。他看到了，然后回复我：早，我过一会儿就要出发去医院了，希望今早的好心情能够感染那些病人。

我也会被他的积极心态感染，一整天都是能量满满的。

今天和他聊起他的病人，他说，有时候会觉得人生真的挺无奈的，那些生病的人明明可以通过及时医治多活几年，却为了儿女的房子和车子而拒绝治疗。

我很惊讶，问他为什么。

他说：这是现实，因为房子和车子是给儿女买的，更实在，更有盼头，而看病做手术是花钱买罪受。很多人都对肿瘤抱有偏见，觉得这病肯定治不好，再加上现在医疗费太贵，那些一辈子活在小地方的农民能够攒下多少钱啊！

这种求生的本能和病痛的折磨，真是让人痛苦万分。

我能明白这样的痛苦。因为那个爱我如生命的女人也曾遭受过这样的痛苦，而为此我也整整挣扎了大半年。虽然最终事情是往好的方向发展了，但至今我的脑袋里仍然紧绷着一根弦，不敢轻易放松。

每次和她通话，脱口而出的第一句话是：你今天身体怎么样？

她说：你别老是担心我，家里多的是人照顾我。反倒是你，一个人在外，要多上心自己的事，好好找个真心疼爱你的人，别老是那么拼命，要记得给自己减压。你还记不记得我以前一直叮嘱你的话？

我马上回话说：记得记得的，身体第一、家庭第二、工作第三嘛，我铭记于心的。母上大人的话，我怎么敢忘了呀！

她在电话那头大声地笑了，嗔怪我：就你最能贫！你现在年纪还小，别总是像个老太婆一样每天念我，这样下去没病也会被你念出病来。

其实，她不知道的是，我真的很害怕，所以每天都想要念她几回，想听听她的声音，想多回家陪陪她，想尽自己所能让她骄傲。

超哥说他不明白现在的人努力到底是为了什么。

在苦难和痛苦面前，总是会有人选择逃避，选择退缩，选择放弃。有一些父母为了不拖累自己的儿女，最后选择放弃治疗，儿女也可能会犹豫。可他们明明是赐予你生命的人啊！

很多人努力工作挣钱，却把生活的初衷给丢了，忘记了工作是为了让自己和家人过上更好的生活。也许有些人努力挣得了天下，但可能会失去生养自己的父母，失去自己的爱人，失去自己的健康。

那么，你之前的努力是想要喂狗吗？

我前几天看到新闻报道，又有一个企业员工死于疲劳工作。记得第一次看到这样的新闻时，我很难理解，为什么人工作都会发生死亡，难道真的是努力到不要命？

可后来我发现，一方面是因为平凡的我们真的很想要证明自己，想要升职加薪，想要好生活；可另一方面，其实是因为我们根本不爱自己。

奶奶说，你们这代人再也不会像我们以前，可能出现吃不饱穿不暖、出门怕被鬼子杀的日子，你们想要什么样的生活都可以，但并不是有钱有权有势的生活才叫好日子。

我的一个师姐跟我说，她不喜欢北上广，理由是，她觉得同样是过一辈子，同样可以过好一辈子，为什么非得让自己那么累，也不享受生活，你想要的更多，付出的代价也会更大，所以她只想要安稳舒坦的生活，和她家男人一起。

生活其实没有那么多的压力，无非是因为我们想要的太多，而自己的能力却匹配不上自己的欲望，所以才会痛苦，才会压抑，才会折磨自己。

可你问问自己，你真的需要那么多的名表吗？真的非得在大城市买房买车吗？真的想要那么多的漂亮衣服和包包吗？

也许我们想要那么多的物质，只是因为我们的内心还不够充实，还难以承受这个世界带给我们的苦难和折磨，难以放下比较和衡量，难以割舍掉心里的欲望。

因为我们还没得到过，所以我们一直在追求的路上。

我又何尝不是？拼命让自己努力，想让父母早点看到我成才，能够给家里带来荣耀，能够成为妹妹的榜样，能够让奶奶放心，让爷爷为我骄傲。

可我也清楚地知道自己能力有限，干不了丰功伟绩，做不了盖世英雄，也不能上阵杀敌，更没有那么高的智商做得了谋士。所以只能逼自己，多做一点，再努力一点，再拼命一点。

樱桃小姐说我：你一个好端端的天蝎座，却偏偏有了摩羯座的心性，非得逼自己每天必须早起，必须干活，必须中规中矩，可你为什么非得这么逼自己呢？

我想很多人一定和我有着同样的心思，如果我不逼自己一把，我又怎么能够养活自己，怎么能够照顾到我爱的人，怎么知道自己可以做到什么程度？

所以，努力必然是没有过错的，只是很多时候别只为了努力而努力，多问问自己，我为什么要努力，然后坚定不移地走下去。遇到困难也好，遇到挫折也好，遇到嘲讽也好，只要想着当初的本心，就不会轻易忘了自己的目标。你不爬到顶峰看看，你一定不会死心。

只是，我也不得不赞同超哥的说法，努力拼搏固然很重要，但也千万别忘了在这一路上你需要珍惜的东西，例如健康、爱情和亲情。

我总觉得现在的社会太过于激进了，每个人都想要很快挣到钱，很快得到荣耀，很快获得权势。所以我们总是很着急，总是在迷茫，总是在随波逐流。互联网时代信息更替太快了，我们的脚步也越来越急促。

我一直很喜欢龙应台写给儿子的那本《孩子你慢慢来》，里面有这样一段话，让我看了很感动：

我，坐在斜阳浅照的石阶上，望着这个眼睛清亮的小孩专心地做一件事：是的，我愿意等上一辈子的时间，让他从从容容地把这个蝴蝶结扎好，用他五岁的手指。孩子，你慢慢来，慢慢来。

这人生长长的路，你要慢慢地走，才不至于错过人生那些美好的风景。

前些天我一直和樱桃小姐嚷嚷说，我想要马上挣钱。向来毒舌的她很耐心地回了我一句：亲爱的陆小姐，你想要的金钱以后肯定会有的，但你现在拥有的美好却是以后再也找不回来的。

所以，你要懂得珍惜现在的一切，在努力的同时多想想自己是因为什么而努力，也别因为那些看起来金光闪闪的东西而放弃了眼前唾手可得的美好，比如爱情，比如亲情，又比如你自己。

我希望自己永远不要忘了努力拼搏的本心，是为了给自己和我爱的人创造更好的生活。但愿我们都能学会善待自己，疼爱身边的人。

她有才华可以浪费，你有什么

C师姐是我很崇拜和敬仰的一个人，也算是我们周围小圈子内的风云人物，不光学术做得好，人长得漂亮，而且是个很有趣的人。

我刚认识她的那会儿，身边所有知道她的人都在跟我说她的事迹：她刚进学校就发表了一篇论文，去年自己在学校里开化妆班授课，上学期一个人搭车去了青海玩，前段时间刚从野外露营回来。之前她还在公司帮忙策划，主要做高校职业培训，最近在互联网公司实习。

这丰富的人生经历让我顿时对这个师姐充满了好奇，我想象她应该是那种很霸气但又比较好玩的女生。

但见面后发现她小小的个子，人看起来舒舒服服，脸上干干净净，笑起来的时候月牙般的眼睛很是闪亮。她还很会撒娇，有时又很爷们，经常调戏我这个纯妹子。外表看起来柔柔弱弱的，但其实内心比谁都强大，毕竟也不是随便一个女孩都能背包旅行的。

也许在很多人眼里，她算是非常有才华的人。不过我和她接触久了慢慢就发现，她对自己的才华并不在意。我们小组讨论的时候，她从来都是默默在一边听的，讨论会上也不会像一些比较高调的师兄一样强调自己的观点和理论。有次我问她：师姐怎么不发表自己的看法，让老师多注意你啊？她很无所谓地回了句：没关系啊，我之前和老师讨论过了。

她从不锋芒毕露，却依旧光芒万丈。

前段时间她和男友去广州游玩，看到BAT（中国互联网公司百度公司、阿里巴巴集团、腾讯公司三大巨头首字母缩写）的暑期招聘会在某高校举办，她一时兴起去投了简历，结果无意间一路下来就进了终面，最后还拿到了好几个其他公司的实习offer（录取通知书）。我那叫一个嫉妒羡慕恨啊，所以她就说要请我吃饭让我解恨，因为学姐马上要挣白花花的银子了。

我一直以为她这样才华横溢，不应该屈于现在的这种情况。依她的本校背景来说，她应该可以去更好的高校深造，但她却说当时夏令营玩疯了，有一所学校录取了就懒得去准备其他学校的面试了。

我痛心疾首地说：你这样子完全是暴殄天物，浪费才华啊！她也不理会我的埋怨，只说：我也不求多么厉害、多么出色，现在这样不是挺好的嘛，我有爱我的男人，也即将有养活自己的工作，能够每天乐呵乐呵地游山玩水，我觉得挺满足的呀，哪有什么浪不浪费啊？况且，我生活的每一刻都是享受，没有时间是浪费的呀！

我顿时也没话可反驳了，毕竟才华和容貌是她的，我虽羡慕，但却不能成为她。于是我就只能很忧伤地跟她说："为什么你的聪明和美貌不能分给我一点呢，哪怕是让我帮你珍惜一下也好啊，那一定是可以发挥得更好的。"

她摸摸我的头，说："没有啦，师姐很懒的，这样就已经很好啦。"

前几天我看到她在朋友圈发了一条状态，是她在实习的时候又一个人跑去富阳滑翔了，娇小的身姿在天空里飞翔，结尾处还说下一站是蹦极。我羡慕地在下面点赞，然后翻到了她的主页，发现一句话：你必须非常努力，才能看起来毫不费力。

那时候我才知道，她很聪明、很有趣、很丰富的生活背后，好像都是时间和汗水累积的。只是她不说，我就假装没发生。然后假装安慰自己，那是因为别人比你聪明，比你有趣，比你丰富。

可真相是，别人比你努力，努力得到之后还比你潇洒。我其实没资格去可惜她浪费才华，因为只有得到过才有资格浪费，而我没有过。

我的闺蜜小L英语特别厉害，她可以很流利地和老外交流，她还参加过各种国际志愿活动，曾经还休学一年跑去国外当了孔子学院的中文老师。

但她为人特别低调，从来不会想要彰显自己的英语水平。有次我们班一门课要做汇报展示，因为平常我们都要看英文文献，有个小组的女生就直接做成了英文PPT，然后一个人在上面飙英文，说得底下的人一愣一愣的。

也许不适应这样的英文环境，很多人在下面玩起了手机。因为下一组就轮到我们组展示，小组有人提议让小L上去和她比试比试，结果小L说："我这破口语还是算了吧，人家讲得比我好多了！"于是上讲台后，她就用特别通俗易懂的中文语句给大家解释文章，这样反而让很多人在课上和她深入地讨论问题。

与小L相处时间越久，越觉得这个女孩深藏不露。表面上看起来有点懒散的女生，聊着聊着才发现她很了解印度的宗教文化，对国学也有很深刻的认识，她很喜欢古典文学，从小弹古筝，已经弹了十多年了。

可要不是我们还算聊得来，估计她也不会想要说出来她的这些才华。她说："心有所往，何须外界干涉，自有清幽之处。"意思是，当我自己很明白自己的心所向往的方向时，我不需要外界对我有所首肯或是认可，自然有我安放自己内心的好地方。

她之所以浪费她的才华，是因为她根本不需要别人认可她的才华。孤芳自赏，勿念勿扰。

我无比欣赏这样的女生，自己有很强的能力，但是却不会利用这些能力刻意得到什么，也不会想着如何放大自己的能力。她们比谁都努力，但她们努力只是因为自己喜欢，想要跟从本心去学习自己喜欢的东西，然后学着学着就有了世人所说的才华。

可能她们的这种淡泊在我眼里是浪费了她们的才华，可是她们却觉得是在享受人生。

以前我会遗憾，觉得她们明明有那么好的才华，却没能好好利用起来。我一度认为这样子的女孩有点暴殄天物，上天给了她们那么好的运气，而她们却轻易浪费了很多机会。

不过我们总是喜欢看到自己想要看到的东西，而忽视了最应该看到的本质。

有次和小L聊天，小L说起她小时候学古筝，当时双手差点被琴弦伤到筋脉，现在手上还有疤痕。她从小学就开始看古代文学，很早就把大家之作熟记于心。别的同龄人在玩耍的时候，她喜欢一个人躲在家里的小书房里临摹书法。至于英语学习，她从高中开始，看国外名著就只看原版，电视剧也大多看的欧美剧。

想想我那时候还懵懵懂懂，小时候跑去野地里烤番薯，和一群女孩子跳格子过家家，长大了看言情小说，突然觉得自己很是汗颜。

果然，才华并不是天生就有的。她有资格选择如何安放自己的才华，她有资格选择自己喜欢的生活方式，她有资格让自己成也好败也好，她更有资格浪费世人眼中不可多得的天赋，因为那是她的，而不是我的、你的、他的。

所以，别羡慕她浪费才华，当你真正拥有自己的才华之后，你也一样可以很潇洒地告诉别人："我没什么才华，我不过就是会写几个字。"不过，在这之前，请先好好码字。

是什么让我们
不再联系

1.

我初中有个非常要好的朋友艾叶，我们互相穿过对方的衣服，用过对方的牙刷，甚至同床共枕过。

那时候初中生活很枯燥，平常没什么娱乐项目，网络也不像现在这么普及，所以大家在一起聊天的时间很多。

除了在学校里一起吃饭、一起散步、一起上厕所之外，我们两个还会经常去对方家里玩，有时候玩得晚了就直接在对方家里过夜不回去了。

我爸妈还因此取笑过我们，说我们俩是双生花，前世应该是姐妹，今生投胎到不同的家庭，硬生生被拆开了。

初二学期结束的时候全校要进行分班，这个消息传到我们耳朵里的时候，两个人的心情都很糟糕。因为分班这种事太具有随机性，能够再分到一个班的概率只有1/17。

一想到有可能分开，我们两个人面面相觑，神色哀伤。那天晚上我回家后，在房间里折了一晚上的星星，装满了许愿瓶。

第二天上学的时候，她嘲笑我说昨晚上干了什么好事竟然熬成了熊猫眼。我从书包里拿出许愿瓶递给她，她顿时没了话，接过许愿瓶，眼眶都湿了。

我们两个从没想过分离，也没想到后来怎么就分离了。

结果，初三开学第一天，公告栏上出现了新班级的名单。我们两个没在一个班，她3班，我11班。一个在三楼的左侧，一个在四楼的右侧，八竿子打不到一块去。

虽然说没分在同一个班，但那时候我们感情依旧很好。

2.

因为刚到一个新的班级，很多人都是陌生的，初三压力又比较大，每天的空闲时间都用在写作业上了，当然对我来说还有一件事更重要，那就是睡觉。

所以，除了睡觉和写作业，根本抽不出更多的时间和别人闲谈交朋友了。

一开始我们两个还会经常聚在一起，讨论作业，聊新同学的八卦，可是渐渐地接触就变少了。

每个班级的上课时间都不同，特别是体育课。对女生来说，体育课就是八卦课，可以找到各种理由跟老师请假不运动，然后三三两两的好友们聚集在一起聊八卦。

她上体育课的时候我们班凑巧是自习课，我有时候会假装出去上厕所，其实是偷偷溜出去找她玩。

一开始我还挺肆无忌惮的，结果，有一次不小心被班主任逮个正着，我也就慢慢收心上自习了。

我们当时约定好考同一所高中，以后还能一起玩。结果那年我超常发挥，考到了我们县一所重点高中，她却因为家里出了点事，没能好好发挥。

我们那儿的县城很大，城南城北的车程要花费一个多小时，我去了城南，而她去了城北。

3.

高中的时候我去过她学校一次，两个人绕着学校走了整整一下午，天南地北聊了很多，感觉之前所有的疏离一下子就没了，只剩下久违的熟悉和相知。

但是，身边渐渐也出现了更多的人，高中我们开始住校，学校也管得很严，每周允许回家一趟，平常不能带手机，只能用公共电话联系家人。

高一的时候我们还是会互相打电话，唠嗑讲述自己身边的人和事，有时也会约出去喝奶茶、逛书店。

她很喜欢小挂件，我们两个还会去市区的古玩市场淘东西。虽然感觉有时候会找不到生活的相交点，但是因为熟悉彼此的喜好，依旧能玩得很开心。

可是，慢慢地，我的学习和生活变得忙碌起来，平常睡眠时间都很难保证。每天不是应付物理试卷，就是死记硬背英语语法，还经常要做各种各样的数学题。

不知不觉间，我们两个很久很久没有联系了。

高考结束后，我去了云南，而她留在了浙江。我记得当时毕业后我们还见过一面，互相留了电话，那时候我们还聊了很多，可都是在回忆过去的趣事，至于现在发生的，很多想说却也不知道从何说起。

有时候时间会让两个人关系变得很亲近，却也很容易让两个亲近的人变成陌生人。

友情也是需要维系和充电的，特别是多年的好友，虽然在我们的记忆深处仍是熟悉无比的，但如果总是依靠回忆来熟悉对方，也会慢慢变成不再联系。

4.

我之前一直很喜欢听一档电台节目，叫《冬吴相对论》，里面梁冬和吴伯凡有聊起过多年好友这个话题。

其中有一句话我印象特别深刻："年纪越来越大，身边认识的人越来越多，可是朋友却越来越少，像我们这样相处了二十多年的老朋友就更是屈指可数。"

有时候我想不明白，是什么让我们不再联系的？

我以为是因为没有共同的话题，没有相投的兴趣，或是没有生活的交集，可是后来想想，不过是因为我们懒得去维系这段感情，任由它慢慢变淡，两人渐渐从熟悉变为陌生。

前段时间我开始梳理自己的好友，才惊觉和曾经好到发腻的闺蜜，也已经很久没联系了。只是偶尔有些大动静，才会相互通知。

因为一个人常年在陌生的城市，只有回家的时候才能见老朋友一面。而现代高科技的通信似乎也并没有带给我们更加方便的沟通。

5.

我现在越来越喜欢用见面代替电话，用电话代替短信，用微信代替短信。

这个让交流变得免费的微信，也让人们之间的沟通变得廉价起来。两个人之间的沟通成本越高，其实沟通的效率也会越高，心灵交流的可能性也会越高。

彼此面对面的沟通成本很大，但却是最有效的方式。

去年寒假我约见了高中时的一个玩伴，我们有四年没见面了。但在那个下午，我们聊了很多，用一下午的时间彼此分享了各自四年的时光，陌生而又熟悉。

然后两个人还笑说，微信上一直说有时间聊，但还是见面聊得爽快。她还说，如果我要是没提议见面，那就真的不太可能有时间聊了。

我以前常常把"联系老友"当作一件"重要但不紧急"的事情，而我也总是在处理"重要紧急"的事情，等我闲下来时，会忍不住想，以后有机会再联系吧。

可我其实知道，这个"有机会""以后"，都是很难实现的。

是什么让我们不再联系？

不是距离，不是话题，也不是交集，而是我们再也拿不出年少时那份血气方刚、那份闲情雅致、那份平静如水的心性，我们不再愿意抽出时间和一个人简单聊聊生活琐事，聊聊未来和梦想。

6.

前几天我鼓起勇气给艾叶打了个电话，她现在已经回老家工作了，身边也有疼爱她的男朋友，虽然聊得不多，但是彼此一点也不陌生。

我在电话里说：等我今年寒假回去的时候，一定要再去我们以前最喜欢的那家奶茶店，然后逛逛旁边的旧书店。她笑着说：好呀好呀，我等你回来。

我始终希望，未来我的生活，还有你们的参与。你们还要当我孩子的干爸干妈，等年老的时候还要一起晒太阳，牵手跳广场舞。

因为你们曾经是我青春里最重要的人。

一段感情的维系，总需要一个人先主动，然后才有双方努力的机会。所以，如果我们彼此还挂念，为什么不能拿起电话拨通那个号码，问一句：最近好吗？

然后，依旧可以疯癫地陪伴彼此度过某个周末的午后。

我性格太直，不适合当公务员

最近已经有好几个人来问我：你觉得性格能够改变吗？我性格太内向了，所以不擅长交际；我性格太直了，所以不适合当公务员；我天性活泼爱玩，所以做不来细致谨慎的活。

我当时的回答是：性格会随着环境而改变，而且环境落差越大，性格改变得越明显。

很多人也许会觉得性格是天生的，也有很多人相信，他们自己就是这个性格，一时半会儿也改不了，就这样吧。

于是，我们就开始把很多发生在自己身上好好坏坏的事情都归结于自己的性格。

"您别见怪，我这人性格就是太直，说了什么不好听的话您别往心里去，我是说了就过了，并不是有意针对你。"

"我平常也不怎么和人打交道，性格比较内向，嘴比较笨。你看你非得把我拉过来充场面，一会儿肯定会冷场的。"

"这次报表又出错了，我明明性格外向好玩，怎么偏偏干了财务这个细致活，当初真的应该去做其他的活。"

当你认定的性格和职业产生冲突时，你往往会认为自己做出了错误的选择，而且把这种因为选择错误而导致的不良后果通通归结于自己的性格问题。

因为别人都说，性格是天生的，那我干不好这件事，也并非我的错，是我性格的错呀。

话说，如果"性格"这个家伙真的存在于人世，感觉它会受到很多人的谩骂的，好可怜好可怜。

先忏悔一下，因为我曾经也骂过它。

在我的认知里，我的性格定位是外向，活泼，开朗，爱与人交际，喜欢外面的世界。也不知道是不是受到社会风气的影响，觉得外向开朗的性格比较受人欢迎，也比较吃香，所以就莫名地给自己培养出了这些特质。

实际上，我也是这样实践的。大一时我就参加了很多社团，认识了学校里很多的人，平常在路上也喜欢见人就打招呼，和学院里的各路牛人都算是打过交道。

大二转专业之前提前和新班级的同学混熟了，到现在一谈起当时的场景，那些好友都会说，虽然那时还没见到你，但觉得你是个特别活泼开朗的妹子。

可我自己很清楚，我只是给自己设定了一个性格框架，并且用最舒服的方式去完成这个框架。因为在私底下，我更喜欢独处，只是在工作和社交活动中，我已经习惯了团队合作，并且也享受一群人一起做事的感觉。

从根本上来看，我应该算是个内向的人，但因为后天习得了外向的能力，并且懂得如何平衡好自己的真实性格和社交需求，所以看起来也算是个外向型的姑娘。

我记得当初在社团面试的时候做过一个非常有意思的测试，叫作PDP性格测试。里面主要有五种不同特质的动物，分别代表五种性格。

老虎代表权威的领导者，结果导向型。孔雀代表有效的沟通者，社交能力强。猫头鹰代表追求精准的专家，做决策很谨慎。无尾熊代表耐心的合作者，耐心平和。而变色龙代表灵活的多面手，适应力强。

当时我测试的结果是变色龙，而很多事情也验证了我的性格其实是可强可弱的。大多数时候都是由环境和自我驱动来决定自己的行为表现成哪一种模样。

就好比现在，班上很多人认为我比较安静，不太爱说话，也不喜欢表现。但其实是因为当初第一次开班会的时候一不小心就决定以后要当个安静的美女子，于是一步错，步步错。

唉，想当初，姐们也算是叱咤学院的风云人物，这下一设定就全没了！（容我忧伤一下……）

我们很容易产生惯性思维，就像日常生活中运动中的物体会按照惯性保持运动状态，我们也会根据一开始设定好的表现形式习惯性地执行下去，除非遇上什么阻碍。

对了，这个"除非"很关键。

当你对现状不满，或者是你的社交方式在大环境中被阻碍时，你就会停下惯性模式，开始思考自己要怎么改变，才能达到最舒适的状态。

所以，你就会问：是不是我的性格有问题呀？要怎么做才能改变性格呢？如果改变不了，那就只能换个环境了呀！

T小姐就问了我一个相似的问题。

她今年大四，这个学期按照父母的期望去考公务员，这几天考试刚好结束，但她却遭遇到了很多让她感到困惑和痛苦的事。

她觉得自己是一个性格比较直、脾气也很急的人，与别人交往时说话不喜欢拐弯抹角，也不喜欢虚伪。

她其实并不喜欢公务员这一行，只是因为父母抱有太多的期望，觉得公务员的工作很稳定，是个铁饭碗，可以让她一辈子衣食无忧。所以，她顺从父母的意思，用心准备了公务员考试。

但在她的潜意识里，还是觉得自身的性格特征和公务员的要求不太匹配，所以她就陷入了怀疑状态。

再加上大家都说公务员是个一眼望得到头的工作，虽然安稳，但实在无趣，而T小姐觉得自己还年轻，应该多出去看看外面的世界。

由此产生的落差感就开始上升到了与父母之间的冲突，因为当初她是为了父母的期望才去选择这条道路的，如今一旦出了问题，肯定会开始埋怨父母。

我们暂且不谈如何平衡和父母之间的关系，先来说说，你的性格到底对你的人生选择有多大影响。

T小姐遇到的矛盾点除了要处理自身追求和父母期望之间的对立关系，更重要的还是如何正确认知自己和这个职业。

我以前和她一样，特别排斥公务员，一度扬言说这辈子一定不可能去当公务员，也不可能进金融行业。

后来有人说我太武断了，并且劝导我说：

你别一下子就否定自己一定不会去做什么，在你对这个行业没有很了解的时候，你完全不知道自己到底适不适合这个行业。

那时我才明白过来，因为无知，所以对很多事情都只是凭感觉去做出所谓的决定，但这个决定却不是绝对化的，它会随着你阅历的增长以及大环境的变化，让你在未来产生不一样的想法。

就好像五年前的我根本就没想过读研，也没想过会学管理这种"万金油"的专业。可现在我的研究生生涯已经过去了一年半，而我还很喜欢我的专业。

T小姐的脾气也许很直，很急躁，也不懂得圆滑，所以她觉得自己的性格也许不适合当公务员。

但现实往往是，当你去了另外一个外企或者民企时，你也会有相似的感觉。

因为只要是性格太直，在社交中，都难免会跟别人发生矛盾。而脾气急这一点，在和人沟通时也会出现双方还没完全理解对方的意思，矛盾就已经产生了。

我以前有个很好的朋友，也和T小姐一样，觉得自己说话太直，经常无意间就伤到了身边的人。他自己也挺懊恼的，但因为个人能力挺强，大家也心知肚明他没有什么恶意，有些时候还会敬佩他能说出实话。

特别是当因利益相争而发生冲突时，他往往能一语道破很多大家藏着掖着的事，虽然遭到了有些人的刁难，但他行事很磊落，至今过得也挺快活。

我曾经跟他说，你这性格以后出去肯定得吃闷亏呀。

他瞪了我一眼说：你以为我不知道啊！我也挺想改的，你看我这两年来不是已经收敛很多了吗？况且，我还是觉得用实力说话比较靠谱，反正不喜欢我的始终不喜欢我，欣赏我的还是会欣赏我。

我当时觉得他特别酷，至今也觉得他是我见过的人当中性格最独特的。

但他也不得不承认，这性格也让他吃过不少亏，不过男生还好，遭遇了也就过了，女生却会放在心里，闷上好几天。

到如今呢，他已经工作一年多了，在社会上摸爬滚打了一段时间，说话也越来越有分寸，再也不会像从前那样一句话能噎得你半天回不过神来。

所以，性格这个东西，还是会变的，至少会朝着你预想的方面不断完善。也许你不喜欢，也许你因此受益，但它终究是被你掌控的。

我现在特别相信这一点：当你心里怀揣着什么不好的想法时，往往这个想法就会应验。

这就是传说中的心理暗示，简直不要太强大。

如果这个心理暗示是说，你肯定不适合当公务员，那么它就会潜移默化地影响你的行为，再由行为重塑你的想法，一次次循环后，最后验证了你一开始的想法。

我们是社会人，所以很容易被外界环境影响。

当很多人都在向你传达着"公务员工作枯燥无味以及社交能力要很强"这样的讯息时，你自然而然会在自己心里种下这样的成见，然后不断找出相关的事例来佐证自己当初的想法。

于是，现实就是，你也开始被同化了。

第一个人吃猴脑，人们会觉得他是疯子。第二个人吃猴脑，人们还是会谩骂。第三个、第四个、第五个，甚至更多的人开始吃猴脑，人们也许会觉得这种事也很正常了。直到后来，猴脑也就成了一道食物。

如果你是因为自己的性格问题而觉得自己的选择是错误的，那我必须说，以后的很多时候当你遇到类似的困境时，你还是会把原因归结于你的性格问题。

但接下来的一句会是，我的性格改不了，所以我要改变现状——找其他的工作，或者换一个环境。

如果换了环境，找到比较合适的，你就会放大自己性格的一部分。而如果换了环境后还是出现了很多不如意的事情，那你就会发现，原来天底下的工作大多都是如此，还是当初公务员的生活来得舒坦些。

后悔的情绪一旦产生，对现状的不满也就越来越深。

可我们往往忽视了问题出现的缘由——并不全是性格的问题，而是你对公务员这一行产生了锚定效应。

简单来说，就是你的初始预设。

当你预设了这一行就是清闲、无趣、稳定和圆滑，接下来你的很多印象和行为都会朝着初始预设的去发展，即使它也许没那么糟糕，你心里还是不满意到极点。

就好像你听别人说一个男人曾经出过轨，那你见到他的第一眼就会给他打上"不忠"的标记，无论他之后再怎么努力改变这种形象，在你心里还是很难抹掉那道标记。

这话扯远了，但就是这个道理啊。公务员在你心里的预设早就是那副模样了，后面你会产生一系列不良反应也是很正常的啊。

回归到如何改变这个话题，我觉得首先还是得自我定位。

适不适合当公务员，根本原因不在于你的性格，而在于你怎样看待这份工作。

如果你觉得干这份工作是在浪费生命，那么就试着去找其他让你喜欢并为之拼搏的工作。但如果你只是因为自己的性格而产生这种情绪，那可以磨合。

我们的性格形成应该包括三个部分：

一部分是你天生的性格；一部分是你二十多年来养成的稳定的性格特征；另一部分是你未来还将养成的某些性格。

我个人觉得天生的性格占的比例是非常小的，虽然也有人说占到50%，但我更相信大部分性格特征是后天习得的。

最近《芈月传》不是很火吗，从芈姝和芈月这两个角色来看，谁会相信未来的她们能够如此心狠手辣，想当初芈姝可善良单纯了，芈月可与世无争了，但后来因为环境和利益，她们二人变成了与之前完全不同的模样。

很多人说，性格决定命运。但我更相信的是，思维、努力加运气决定命运。养成独立思考的能力，遇事学会运用辩证性思维，无论选择的是什么职业，最后都会有个人的特色。

因为你不轻易被同化，所以你更容易成为有个性的人。

话说回来，我并不认为只有公务员是吃老等死的，一辈子窝在小城里，很多工作其实也只是看起来光鲜亮丽，到头来还是一样窝在一方写字楼里，干着同样枯燥乏味的工作。

这就好比，城墙外的羡慕城墙里的人们安居乐业，城墙里的却羡慕城墙外的人们生活自由。

所以，还是得看自己追求什么，如果你打定主意不喜欢这样的环境，那就去追求自己热爱的，即使天底下大多数工作都是类似的，但干自己喜欢的工作，自然也有意义得多。

在这之前，请撇开性格这个问题，好好思考下自己到底为什么不喜欢这个工作，如果真的是特别不喜欢，那喜欢什么类型的工作。

如果没有找到，那还是先试试这个吧。

如果找到了，那就鼓足勇气和父母商量一下，毕竟你的人生还是你做主。他们终究会老去，而你终究需要长大成人，独当一面，为你自己的未来挡风遮雨。

谢谢你，还好没放弃

我拿到人生中的第一笔稿费是在高二那年。

那是个特别平常的早晨，我还是和往常一样，慢悠悠地在食堂吃完一份荷叶饭，赶在铃声响起之时从后门溜进教室，刚刚坐定平复喘息声，却被同桌告知老师找我有事。

我是个特胆小的人，以为自己做错了什么事，因为经常踩点到教室，有时甚至逃了早操躲在食堂吃饭，一路上就抱着诚惶诚恐的心态走到了教师办公室。

咚咚咚，清脆的叩门声响起，我站在门外忐忑地张望周围。

"请进。"虚掩的门被轻轻推开，里面摆放着三张书桌，学生们成堆的考卷占据了桌子的大部分位置。我局促不安地站在门口，高个子、戴着一副金丝眼镜的他，抬头看了我一眼，示意我进去。

已是入冬时节，门口偶有丝丝凉风吹来，我赶忙把门掩上，堵住了些许寒意。

室内一片温暖，他和颜悦色地看着我。记忆里他一直都是这般模样，四十多岁的年纪，脸上却丝毫没有岁月留下的痕迹，笑起来甚至有些憨厚纯良。

"我把你的课堂作文投了出去，已经被录取了，这是他们寄来的稿费。"他从厚厚的教案书里取出一张单子，递给我时脸上一片喜色，"来，你拿着，以后你要是有写得好的文章，我还是会帮你投稿的。"

我心里莫名地就有些动容，抬眼看向他时感激之情溢于言表。

我虽然从初中开始就喜欢写点东西，但真的也没认真写过什么好的文章。大多数时候，都是随意记录自己的心情，发表一下感慨。

像他这样重视我文章的老师，我还是头一次遇到。

我当时是有些发愣的，和他道了谢就走出了办公室，然后忍不住用手掐了一把自己脸颊的肉，嘶——好像是真的，于是就激动地小跑起来。

初冬的季节，老树已经冷得发黄，长长的走廊边上，少女手里攥着一纸薄薄的收款单，脸上是抑制不住的潮红，眼睛偷偷瞄向教室里晨读的同学们，心里却窃喜不已。

我记得那笔稿费是37.5元，那是我第一笔也是唯一一笔靠写作挣来的酬金。至今我也打过工，挣过外快，甚至拿过好几笔奖学金，但好像靠写作挣钱的却是一笔也没有。

那时记得看过9岁的张爱玲用她的第一笔稿费买了口红的情节，可我却不舍得花，细心攒了起来，还幻想着能够开个银行户头，专门用来存放我的稿费，无论多少，都是一种荣誉。

到现在，好像那笔钱的去处也已经忘了，想起来，还真有点神伤。

我高中那会儿特别喜欢写东西，一颗玻璃心的小姑娘，看到什么花开花落都能写出一篇忧伤的文章，然后沉浸在自己的世界里难以自拔。

后座瘦高白净的大男生有次聊起高中时的我，说我特别像一部动漫里的女主，自己勾勒了一个世界，然后和另一个我对话，别人是看不懂，也理解不了我的世界的。

我听到这话时，人已经远在昆明，回想年少时的我，总忍不住想笑。原来我也曾文艺到那般地步，以至于现在都不好意思说自己很逗了。

隔了一排的后座女孩，文文静静的模样，说起话来慢条斯理，一口吴侬细语让人听得无比舒心。她说：你要去看《秒速5厘米》哦，要不我借你光碟吧。

于是偷偷在家里的台式电脑上播放，大半夜看樱花飘落的场景，心也变得柔软起来。好想谈恋爱啊！

唉，可惜没有暗恋的对象。

那时候的各种心思，真是单纯得想让人小心维护，生怕一个跟跄就摔出两个大窟窿。

因为身在理科班，每天都要做很多枯燥的数理化题目，有时晚自习实在耐不住，就从抽屉里掏出一本小说，津津有味地读起来。

读的大多是语文课本上延伸的那些大家之作，马尔克斯的《百年孤独》、伍尔夫的《一间自己的房间》、普鲁斯特的《追忆逝水年华》、胡赛尼的《追风筝的人》、加缪的《局外人》等。

那时网购还不发达，学校的图书馆很难借到好书，大部分书我都是在书店买的，后来偶然间发现了一个"久久网上书城"，于是就办了网上充值卡，开启了人生第一次网购经历。

到如今，虽然我已经不在上面购买图书了，但账户上好像还有一小笔资金，而等级也已经上升到了白金卡。

这都已经过去了七八年的光景。身边的资源越来越丰富，而我读的书却是越来越少了。

因为总喜欢看些意识流派的作品，大学那会儿在QQ空间也会偶尔写几篇文章，有些时候朋友就会在下面评论说，你怎么写个日志都要写成意识流，我们都看不懂啊。

我笑着说，其实我也不知道自己在写什么。

好像青春期的小孩们总喜欢写些深奥晦涩的东西，装得一副很高深的样子，其实不过就是在描述自己的迷茫啦，困惑啦，忧伤啦，想来也是有趣得很。

后来就真的很少写东西了。

大学里忙着奔波社团，忙着写新闻稿，忙着写代码，忙着参加商业比赛，忙着带团队，忙着期末考试，甚至是忙着刷从高中开始就心心念念的电视剧。一年能在空间里静下心来写上一两篇日志就很不错了。

荒废了那么久的日子，想想都觉得可惜。我好像错过自己的梦想已经很久很久了，就好像当初那个在高中寝室大声说"将来我一定要出一本自己的书"的眼里泛光的女孩已经离我很远了。

我有点恐慌。

按部就班地被淹没在人群里，我构思好的几部小说还没动笔就已经死了，那个在深夜里给全寝室讲述的故事，到如今连个影子都不见了。

大学的第二年，高中同学聚餐的时候，当初睡我对面的那个女孩专门从邻桌跑过来问我：你有没有写出来那时你给我们讲述的故事？

我有些惭愧，眼神和言语闪闪躲躲：没写呢，大学没时间啊！

她笑得明媚，鼓励我说：你一定要好好写啊，我真的很期待你的作品。那一夜，听你讲故事的七个女孩中，有两个哭了，其余的都被感动了。

我说：好，总有一天，总有一天我会写出来的。

虽然那个故事到现在我也没动笔，虽然我从6月1日发布第一篇原创作品到现在也就四个月的时间，虽然我对自己写的文章从来都没满意过，可无论如何，让我觉得欣慰的是，稳扎稳打的坚持，好像真的会带来一步步的成长。

我以前一直觉得一个人的兴趣非常重要，你只有做自己喜欢的事情，你才有可能成就一番伟业。可我现在越来越明白，比兴趣更重要的其实是坚持。

每天一点点的坚持，日积月累后，就会变成你意想不到的回馈。

一件事只要你坚持得足够久，"坚持"就会慢慢变成"习惯"。很多时候这种习惯会让你觉得，你好像慢慢对得起当初的那份喜欢了，而你所踏出的第一步会让以后的自己觉得无比美好。

就好比现在，我收到了微信公众号的原创标识邀请，激动得只能用文字来表达磕磕绊绊的言语了。

所以，谢谢亲爱的你，虽然你的文字还有些幼稚，虽然你总写不出好的故事，虽然你也嫌弃自己思考的深度不够，虽然你还有那么长的路要走，虽然你还只是个文字路上的初学者，可我依旧要谢谢你。

谢谢你这些年的坚持，还好这一次，你没轻易选择放弃。

我希望，你对你所喜欢的东西，都能够奋力去追，勇敢地踏出第一步，然后告诉自己坚持下去，也许在不久的将来，你会发现：

哇哦，原来我也可以做到这些哎！

你要相信，你是个多么棒的人，值得你那么爱自己。

我们都需要一场冒险

我至今最后悔的一件事就是当初没能出国读研。

闺蜜柒柒从英国打电话过来，问我生日快到了，想要什么礼物。

我说：我想去欧洲玩。

她说：好啊，你明年三四月份过来玩，我刚好有时间陪你一起玩。我们可以去你喜欢的荷兰看风车，去巴黎轧马路，去威尼斯看水城。

你看，我前几天刚给你发了闺蜜旅行的照片，我们一起去海滩露大腿吧！

噗！大冬天的露大腿，冻死你！

不过，她还是成功地诱惑到了我。原本那颗早就沉寂的心瞬间就满血复活了，变得好激动好激动。

手牵手像两个女疯子一样奔走在欧洲大街上，和陌生的帅哥美女打招呼，摸着锃亮发光的白色大理石，臭美地摆下一个又一个自恋的姿势，晚上躺在一张床上聊私密的话题。

和你一起分享美食、美景、美人，还能看你最丑最美的模样，看你轻松自在的笑容在阳光下熠熠生辉，看你牵着我的手走过车来人往的马路。

这样的场景，光是想想，我的头皮就开始发麻。

于是我说：等阿瑶结婚的那一月，我就回家去办签证，可是……

柒柒瞬间就知道我又犹豫了，立马问我：你是不是又开始打退堂鼓了？！

她开始细数我曾经那些怯懦的时刻。

你大三下半学期曾信誓旦旦地说你要准备出国，花了三个月时间学雅思，还去上海上了培训班。

结果，你考了第一次，发现只考了六分，你就忍不住放弃了。而当时和你住同一个酒店学习雅思的女孩，考了不知道多少次，从一开始的五分，到最后看到成绩直接笑哭了的七分。

后来，你告诉我，你是因为禁不住保研的诱惑。

可其实我们都知道，你是因为不想走更辛苦的一条路。然后你后悔了，你再一次信誓旦旦地告诉我，你打算在研究生阶段出国交流。

那一年，我也在备考，因为考研失利，我开始花一年的时间考雅思并申请国外的学校。而你也在武汉开始了新的校园生活。

我们约好，1月的时候一起去杭州考试，然后等你到研二那年，我们一起去欧洲。

结果等到12月的时候，你告诉我，你还没有报名，因为你根本没有复习。

我当时骂你，如果你这次还不考的话，你就真的没有机会和我出去了。

然后在今年3月的时候，你打电话给我哭着说：柒柒，我把一切都搞砸了，好羡慕你能走上自己想走的路，在我们都向往的地方生活。

我就知道，你压根就是不敢让生活出现一丝不安分。

你说你这么胆小，这么没勇气，这么循规蹈矩，让我怎么带着你冒险？

柒柒在电话那头一字一句地说，本来是让人听了不舒服的话，却句句戳进了我的心。

曾经和我一起奋战雅思的小伙伴们后来问我：你怎么最后没出国？

我当时的理由是，不想让家里承担那么大的经济压力。可只有柒柒知道，真正的理由无非是我想找条轻松的道路走。

就像F姑娘跟我说，她很喜欢美术，可又担心家里负担太重，所以没去学。

但也许我们都没有说出来的一句话是，我们不敢冒险去承担让家人背负经济压力的责任，没有勇气去全心全力为这个结果付出，更害怕最后付出了那么多也许根本没什么用。

所以告诉自己，只能想想而已。这就是现实。

昨天和家人视频，妈妈说起老爸最近经常和朋友往江苏跑，因为想要得到更多的货源，五十岁的他还像那些年轻人一样到处奔波。

老爸的普通话说得不好，但生意场上都是全国各地的人，不再仅局限于老家的那些厂商，所以他最近在很努力地学普通话。

有时候给我打电话，非得让我和他说普通话。他笑着说：我找你练习练习，这样就能多学到一点。

我一方面嫌他话真的好多，操着一口方言夹杂普通话，硬是和我聊了半个小时；可另一方面，打完后我竟然莫名就被激励了。

他最近和我说得最多的是：你爸爸我小学毕业，读书少，也不识几个字，有时候说出来的话不识大体，也因此得罪了不少人。所以呀，现在我总是听那些有点学问的年轻人说，然后记下来一些值得学习的地方。

"你看，我的小本子上记了好多东西呢！"他随手从包里掏出一个皱巴巴的笔记本，里面密密麻麻写满了东西。

他的手机录音里也会存有很多文件，有时觉得我说的话很有道理，就会立马录下来，然后闲下来就听上几遍。

我问我妈：老爸这样不累吗？他干吗这么拼呀？难不成真的因为股票跌了受到刺激了？

老妈笑着说：也不全是，是你老爸觉得自己年纪越来越大了，再不好好耍一把，以后就没机会了。

我惊讶地问：这么大胆，都这把岁数了，还要冒着风险做生意，老爸好牛的样子。

我记得当初大学英语老师让我们每个人做presentation（自我介绍），讲述自己最敬佩的人，我说的是我老爸。因为他年轻的时候也是个不安分的家伙，而这种不安分也让他见识了很多。

老妈总说我和年轻时的老爸很像，虽然外表看起来柔柔弱弱，但心却很野，总想往外跑。

但老妈却没说对一点，那就是我还缺少很多冒险精神，更加安于现状。

之前看《金星脱口秀》里谈到冒险，她说有个银行家朋友干着众人羡慕的高薪工作，却喜欢徒手攀岩。

她很疑惑地问：是不是生活得太富裕，所以想找点刺激？

那个银行家回答说：当我徒手攀岩的时候，我并没有感到兴奋，如果感到兴奋，那就危险了。在我攀岩的时候，我会努力地让自己平静下来，然后慢慢平息我的恐惧，我并不是不怕危险，我是在训练自己去拥抱危险。

真正的冒险并不是无意识的行为，一般都在权衡之后就算是输也不会一败涂地的。但我们还是不愿意舍弃当下安逸的生活，因为人们在损失面前都会选择规避风险。

虽然中国人都提倡安全，但如果你还年轻，应该去冒险，因为我们有青春做资本，就算摔得很惨，我们也能快速地愈合。

如果是中年人，你也应该去冒险，因为你的生理机能可能老化了，但你的经验和心智成熟了。

成功永远是带有奖励色彩的，冒险的人也许不一定会成功，但成功永远不会奖励那些按部就班、不敢挑战自己的人。

当然，在冒险之前，请先做好承担损失的心理准备，因为无头无脑地去冒险会比安于现状来得更可怕。

别怕，如果到时候碰了一鼻子灰，我妈说了，还能养我几年。实在不行，我就卖笑去。

不准笑，谁说我不能卖笑的！

第四章 ＞

**夜深了，
别忘了回家的路**

QUIETLY GROW

我想谈一场
可以结婚的恋爱

F小姐跟我说，她被一个自己仰慕已久的男生告白了，可是她却犹豫了。

虽然知道这个男生暗恋她很久了，自己也很喜欢他，但是她有点自卑，当时告白又来得太突然，不知所措间说了一些让男生以为是拒绝的话，最后感觉很无力。

我问她：那你喜欢他什么？

她笑说：我对英语好的人完全没有抵抗力。第一次看到他的名字是在一张红榜名单上，他参加英语比赛获奖了，然后他的名字就这样硬生生地闯进了我的视线。

后来，他主持过一场比赛，我带着我们班同学参加了那个比赛，然后遇见了他。当时真的很仰慕他，虽然我也很想在大学最后的时光谈一场恋爱，可是我这个年纪很尴尬。

我想谈一场可以结婚的恋爱，所以我在面对的时候会犹豫，希望再看看。也许别人只是想表个白而已，更何况我们之间说话都没有超过50句。

如果我在大一时碰到他，应该就不会这么纠结，但我现在马上就要毕业了，也许我们之间也就只能这样了。

听完F小姐说的那些话，我仿佛看到了曾经的自己，一个在感情世界里自卑却又无比自爱的女孩。

大一那年，我认识了K先生。他是我的初恋。

虽然小学那会儿，我也喜欢过邻座长了一双桃花眼的小男生，但那毕竟只是因为人家数学比我好，脑瓜子比我聪明，篮球又打得好，小女生心思犯了，再加上全班女孩都围着他，所以也傻不拉几地跟着喜欢。

我的情窦开得很晚，没有早恋。

关于这一点，我至今都有点遗憾。有时还会打趣刚上高中的妹子，让她别因为老师和家长而害怕早恋，有姐姐撑腰呢。不过，我会告诉她，无论如何都要保护好自己。

我和K先生是同班同学，那时候我学软件，全班70多个人，女生只有十几个。虽然女生人数少，但其实我们班男生很多都会去文学院和艺术学院找妹子，并不喜欢本专业的。

第一次知道K先生，是在C语言课堂上。

我是个电脑小白，刚学代码的时候很吃力，上课的老师却很有魅力，也是K先生后来的恩师。

那时老师问了一个很难的问题，我在底下想了半天没想明白，坐在我后面的K先生却很快就回答了。我当时下意识就往后看，然后就记住了他棱角分明的脸。

后来就开始有意无意地在他的QQ状态下留言，那时候微信还没有现在这么流行，大家都还是喜欢在空间发状态。

印象最深的一次是，2010年的冬天很冷，家里下了一场大雪，我躲在被窝里取暖，K先生却发了一条在海滩边游泳的状态，然后我们两个因为南方的天气问题第一次聊了天。

和F小姐一样，她对英语好的人没有抵抗力，我是对专注的人没有抵抗力。K先生很喜欢写代码，而且很专注，他说起code（代码）就像是把简单的英文字母码出一种艺术。

我们聊了很多，从代码聊到吉他，聊到他的音乐工作室，再聊到彼此喜欢的电影和书籍，就好像多年的好友，一点也不生分。

可他真正跟我告白之后，我却犹豫了。

因为我曾经问过他：你以后会去哪里工作？他说：未来的事哪说得准，不过应该会去深圳或是北京吧。

那时候我一心想着毕业后要去上海或是杭州，也没勇气跟着他去其他城市，更重要的是，我只想谈一场可以结婚的恋爱，可如果以后两个人都不能在一个城市，那还不如不谈。

不知道为什么，那时候的社会媒体主流都在说，"不以结婚为目的的恋爱都是耍流氓"，这是出自莎士比亚的手笔。

于是，我也坚信，这辈子只谈一段感情，既然我和你没有未来，那还是别在一起了，免得受伤害。

可其实，以结婚为目的的恋爱才是耍流氓。

因为你一开始就已经把你们的恋爱关系设定为婚姻的前期模式，然后把两个人之间的关系捆绑住，用道德束缚住恋爱自由的味道，还标榜自己的崇高和伟大。

现在想想，觉得那时的自己，真是混账得可以。

前段时间一个师姐从上海来武汉出差，和她见面谈完正事后，无意间我们聊起感情问题。她说，现在的女孩也不知道怎么了，总是被灌输一种"未来会遇到更好的人"的思想，然后没有好好珍惜眼前人。

她还说，那些总是说"以后会遇到更好的人"的人，很容易拖着拖着就年纪大了，而且工作后的圈子真的挺小，如果学校里能遇到自己喜欢的人，那真的是福分。

的确，能遇到自己喜欢的人，估计也没几个，而能遇到自己喜欢、恰好对方也喜欢自己的人，那就真的屈指可数。

既然这么难得，为什么我们还要退缩？

因为你还走在那一片葡萄园里，还在期盼着前面有更大的果实可以采摘。可葡萄园采摘的前提是只能摘一个，你却没有这个前提，为什么还是不敢靠近？

因为我们不敢承认，我其实不够爱他。我其实更爱我自己，爱到舍不得让自己受一点伤害，除非有万全之策，又除非，走投无路。

昨天W小姐跟我说：我喜欢一个人已经三年了，可是一直不敢表白。

身边的很多朋友都说他其实没有那么好，可我却把他看得很重。我现在马上就要准备考研了，我打算放下他，可是又觉得不甘心，很痛苦。

我问：你为什么不告白？

她说：我怕我说了，我们连朋友都做不了。

可其实不说，你们也做不了朋友，不过是陌路人而已。这本身就是安慰自己的说辞，也是保护自己的盔甲。

我们都一样，我怕我和你在一起，我们没有未来。我怕我告白了，我们做不了朋友。我怕我答应了，我们就要各奔东西。

我们好像一直都在害怕：我们害怕在这段感情里受伤，我们害怕付出了没有回报，我们更害怕如果有一天我们还是没能在一起，那不就是虚度时光？

不是的。

樱桃小姐说过一句话：如果我喜欢一个人，却没有全心全意去爱、去相信、去付出，那我配不上自己的那份喜欢。更何况，如果他也喜欢你，一定不忍心伤害你。

还有，爱情是爱情，婚姻是婚姻，两者虽然有联系，但真的别混为一谈。如果一开始我们就给自己套上枷锁，后面的路自然是举步维艰。

我前几天在想，如果当初我和K先生好好在一起，现在会是什么模样。然后就突然想到了夏天问我的一个问题：兔子，你最理想的生活场景是怎样的？

我回答说：我最理想的生活场景应该是在某个空气清新的地方，身边有我爱的某先生。白天各自上班，晚上回来做上一顿热腾腾的饭菜，然后两人躲在书房，他敲代码，我写文章，互相陪伴携手过一生。

其实如果有爱，婚姻就形同虚设。这是一个我很钦佩的女神徐静蕾的观点。

所以，真的不用约束自己去谈一场可以结婚的恋爱，当恋爱来临的时候，应该勇敢点去享受，而不是逼迫自己去忘记。

嗯，献给曾经不够勇敢的自己，也希望未来的自己能够勇敢一点。

我为什么喜欢外表干净的男生

1.

昨天早上骑小电驴载着室友经过林荫大道的时候，迎面遇到一个人光着膀子走在路上。坐在我后座的室友嘀咕了一句：大清早的怎么就不穿衣服呀，真是有损市容。

我一边看前方注意路况，一边用余光瞟了一眼，原来是老大爷在路上晨跑。这让我想起小时候在老家，夏天傍晚总有一大帮老爷子光着膀子在大道上走来走去，也有小不点大的男孩有样学样。家里祖父有时也会如此，不过我每次见着了就会说他：你这样不穿上衣，一方面天要是突变了会着凉，另一方面走出去也不好看啊！

更重要的是，你不能因为自己图凉快而给别人造成不适。

因为这个事情，我开始好奇人为什么要穿衣。可能很多人会脱口而出：为了保暖御寒嘛。我倒不觉得这是最重要的原因，冰天雪地里的动物不穿衣服照样活得很好，而且远古时期的人类也并没有着衣。

那就是遮羞咯。可当整个社会都是赤体行动时，你根本不会产生害羞感。我大四去南京一所学校面试，寄住在朋友的宿舍，那时夏天很热，每天都要冲澡，朋友建议我在厕所里擦身子，学校虽然有公共澡堂，但可能会不习惯。公共澡堂都没有单间的隔板，就一个敞开的空间和一排排的淋浴龙头。我当时特别吃惊：那你这三年洗澡是怎么解决的？

她很淡定地说：我习惯了。作为一个纯正的南方人，我是不能理解这种行为的。但这也充分说明了，当大环境是如此的时候，你也就不会因为没穿衣服而产生害羞感了。

在我看来，人类穿衣无非是为了美。

最初人类会按照动物的花纹来涂饰自身，演变成现在的"文身"。后来干脆就把动物漂亮的皮毛和羽毛披在身上，用来装饰自己。因为如果把人的一切文饰物，例如道德和艺术价值统统脱掉，那人仅是宇宙间的二脚无毛的怪物而已。

可我并不喜欢这样的二脚无毛怪物。特别是当你光着膀子走在大街上时，你有没有想过这不光是你不追求美感，也是你不尊重路人的一种表现？

2.

傍晚吃完饭和室友一起去超市买酸奶，结账的时候前面站着一个高个子男生，背影看上去还挺帅。不过，等那男生走远后，室友就跟我聊起了他。

如果你觉得她是想和我讨论那个男生的帅气，那对不起，我们两个讨论的是那个男生身上的汗臭味。扑面而来的一股股犹如来自地狱深处的气息，真叫人忘怀不了。她说：看起来形象还可以的一个人，怎么就不换件衣服呀，哪怕是昨天穿过的，只要没味道，没皱巴巴得不成样，那也是极好的。

我说：他有可能刚打完球出了一身汗，还没来得及换吧。

室友摇了摇头：他要是真是打球出汗的，那可以随身带件衣服打完就换，这都不是事，不过是懒得打理自己，也体谅不到会给身边人造成不适。

我突然就想起我认识的一个男生，他经常会去健身房运动，每次去一定会带着换洗衣服。我有次问他：去健身房洗澡多麻烦呀，还要来回携带衣服。他说：运动肯定会出一身汗，直接回去的话一方面怕着凉，另一方面也怕味道太难闻会给别人造成困扰。我当时还笑话他的身体比我这个女生还金贵，不过现在想想，这个男生真是我见过的最心细也最让旁人感到舒适的人。

每个人都有属于自己的味道，而且这个味道有时候就是对你的整体评价。

我很喜欢大学时一个舍友的味道，她是个爱打扮、爱折腾自己的姑娘，但同时，她也是个爱干净的姑娘。她的身上总有一股淡淡的香味，应该是某个牌子的香水，每次接近时就会感叹这样的女生难怪那么多人追。因为她实在是很懂得追求美，而人们对美好的东西自然趋之若鹜。

我觉得一个男生倒也没必要喷香水，不过起码要保证身上没有怪味，特别是集体生活的男生，至少穿衣服出去要干净整洁没异味。我记得有次进男生宿舍找同学，一进门看到一堆堆的衣服被扔在地上，他一只鞋穿在脚上，另一只鞋找了半天也没找到，床上的被子也没有叠，被随意卷起来放在角落里，灰溜溜的样子惨不忍睹。

偶尔偷懒不想洗衣服也很正常，但是，都堆积成山了，不想手洗，有洗衣机呀。科学家发现了那么伟大的电，你不好好利用它改善自身外在条件，却在游戏的世界里装起大神。哥们，你要是拿出游戏世界里的八分劲头打理下自己，也许现在女神都被你拿下了。

3.

之前看过一篇文章，讲述的是一个中国女留学生寄住在法国当地的家庭中，她一直觉得把时间花在外形的打扮上是一种浪费，而父母也是从小教育她，只要成绩好，实力强，外表不重要。所以她平常比较邋遢，也不太注意自己的仪表。

而法国那家女主人很精致，很优雅，认为一个人对外在的重视度也显示出这个人的内在品德。女主人很看不惯女留学生的邋遢，有次实在被惹怒了，就把女留学生从家里赶了出去。之后女留学生一个人披着一件还算贵重的大衣走在路上，天气冷得很，她走进了一家餐厅，蓬头垢面，薯片碎渣还残留在嘴上。

她看到周围的人都用异样的眼光注视着她，那时候她恨不得有地缝可以钻进去。因为她明白，如果不是因为自己身上那件值钱的大衣，她可能根本就进不了餐厅取暖，因为她的不修边幅已经给餐厅里的人造成了困扰。

有次和HR聊起简历筛选，让我印象很深刻的是她提起的简历照片。他们在进行简历筛选的时候，一般会先看一眼照片，觉得还可以再继续往下看内容。我有点好奇，就问：你们对面试者的形象还有这么高的要求？

她说：那自然啊，干营销这行的，不是说你要多美貌帅气，但至少不能太差，有些男生一头斜刘海，脸上长满痘印，眼袋发肿，一看就是没有精气神的人。打理不好自己的外表，又怎么表明他在认真过日子呢？

更重要的是，现在科技这么发达，你就算没时间打理自己，总得抽空P下照片呗，好歹让我对你的第一印象好点呀。说实话，让我因为照片而筛掉简历的人也不多，可总有那么几个，倒不是人长得丑，而是不修边幅啊。

所有的不修边幅，不过是因为懒。而适度美貌，是对别人的一种尊重。

4.

我和女友出去逛街的时候，总会感叹：为什么满大街都是美女，怎么就看不到几个帅哥呢？

有次我们神经质地研究了过往的路人老半天，发现了一个共同点：现在的女孩不知道是因为社会舆论的引导，还是自己追求美，在穿衣和外形的品位上突飞猛进。但男生的穿衣打扮真心不敢恭维，有些男生的底子还不错，人高高瘦瘦的，但看一眼就觉得白白糟蹋了好底子。

室友感叹：现在走在大街上只能看美女养眼了，可惜美女身边都不是帅哥，我还是看韩剧欣赏帅哥欧巴算了。这一点，韩国不知比我们高明了多少，韩剧中的帅哥俘获了众多少女的粉红心。

我承认，容貌是上天给的，一时半会儿改变不了，当然整容除外。不过就我多年看电视剧的经验来说，屌丝和男神之间的差别，除了先天的容貌和智商外，还有更重要的一点，那就是仪表。

有人说，男神穿什么都好看，穿简单的白色T恤搭黑色长裤，就能风华绝代。可是，如果一个满身脏兮兮、头发跟个鸟窝似的，还不停散发着地下水沟诡异味道的帅男人站在你面前，你还觉得他是男神吗？

当然，这个过度夸张了。人家犀利哥蓬头垢面的还能创造时尚，《狼少年》里的男主一身狼气还能别有风味，这都是特例。一般男神穿着不当的时候顶多沦为普通人，但普通人要是不在乎仪容仪表的话，那就只能埋没在人群中了。

我想，少年，你也是有野心的吧？即使容貌不出众，总也有一颗升职加薪、当上总经理、出任CEO、迎娶白富美、走上人生巅峰的伟大雄心吧？那就先从干净的丑男子做起吧，等你挤掉了一脸青春痘，剪掉了鸟窝头发，学会了得体着装，坐有坐姿、站有站姿的时候，你就成了传说中的安静的美男子。

5.

自古以来，女子谋得姣好的容貌，都是为了悦人悦己。

我的一个好闺蜜也对我说过这样一句话：女孩打扮得漂亮一方面是让别人看了舒服，另一方面也是自己图个高兴。但反过来，现在的男生却没有这么高的觉悟，他们可能觉得自己的容貌打扮只是自己的，和别人无关。

可凭什么男人要求女人美貌，女人就不能要求男人整洁干净呢？

我也不求你玉树临风，不求你风姿俊朗，更不求你倾国倾城，我不过就要求你穿一件简单舒适的T恤，配一条时尚的短裤，脚上搭一双干净的运动鞋，然后把脸上的青春痘好好处理下，弄个还不错的发型，腰板挺直了出门。说不定，你还能在路上收到几个妹子的媚眼，心里乐呵一下，而我带你出去也长脸，这不挺好的嘛。

更重要的是，你也为拉高大中华民族的男性平均颜值做出了贡献。

闺蜜说，她喜欢干净利索的男生。因为一个既肯花时间在自己的事业上，又顾得上自己得体仪表的男人，不可能太差。我反呛她：你现在不就有这样的男朋友吗？

那还不是我培养得好，你看我在他脸上和身上花了多少心思，现在终于可以带回家见父母了。

嗯，我相信，高是天生的，但帅、富都是可以后天培养的。就好像，女孩都可以变成白富美，只要你对自己认真。

喜欢你，花光了我所有勇气

韩筱筱给我发了一条长长的微信，开头第一句是：任何东西积压久了都会发霉，所以，我想要把我的感情拿出来晒晒太阳。

这种风趣的文字自然就吸引了我的目光，于是我问：晒了之后暖和些了吗？

她哭丧着脸说：可惜啊，见光死……

筱筱是个性格开朗的女孩，因为偶然的机会认识了一个比她大很多岁的男生，爱情似乎来得很奇妙，她不知道自己怎么就喜欢上了那个有点冷冰冰的家伙。虽然两个人身在不同的地方，但她还是很想要努力靠近他。

她每天在微信上道早安晚安，还时不时地问他：今天做了什么开心的事吗，分享一下呗。

虽然他不会那么及时地回复，但筱筱只要看到微信的小图标闪烁时，心里总会忍不住雀跃起来。有时点进去一看，原来是腾讯新闻的推送，喜悦的心情便会一下子冷冻起来。

仿佛，所有的情绪，都是因为他而牵动。开心的、难过的、激动的、忧伤的，每一条都和他有关。

筱筱并不是个情绪化的姑娘，但自从遇见了他，她的心情就像牵线木偶一般，他的手里握着线。这种感情说来很奇妙，她却觉得甘之如饴。

日子就这样悠悠地过去，筱筱积攒的喜欢也慢慢变成了勇气，于是在某个闻起来还挺清爽的晚上，偷偷地躲在被窝里告白了。

"你有女朋友吗？"

"没有。"

"你喜欢什么样的女生呀？"

"长相过得去，是个吃货，最好还有点呆二呆二的。"

"那……你看我这样的合适吗？"

"……"

筱筱说，他是因为年龄和地方的差距而没有选择和她在一起。身边的朋友却说，你那么主动，别人还不喜欢你，难道不丢人吗？

嗯，不丢人，虽然他不喜欢我，可是我能喜欢上他，也是我的福分。我想去他的城市看看，我想离他更近些。

筱筱最后跟我说，她其实也没自己想象中那么勇敢，甚至也觉得自己傻得可以。如果结果并没有想象中那么美好，这一切是不是会变得有些可笑？

不会可笑，相反，这样的你其实很可爱。

你看，你多么勇敢、多么认真、多么努力地去喜欢一个人，没有想过他能够带给你什么，也没有计较他是不是喜欢你，这样的你，是多么让人羡慕。

我并没有经历过很多感情事，也自认为是一个对感情有些寡淡的人，这辈子唯一一次的主动已经花光了我所有的勇气，所以现在的我是无比羡慕筱筱能够奋不顾身地去喜欢一个人。

爱情里的幸福并不是只有相爱和被爱，有时候能够用尽力气去爱一个人，也会痛并快乐着。

只是到现在，那种不求太多、只求他能看你一眼的欣喜，随着我们年纪的增长，变得越来越像是个未知数、怎么解也解不开的谜。到最后，时间会逼着我们放弃这份勇敢和执着。

如果你还能坚持，那是多么难能可贵。

我曾经有一段时间很喜欢奶茶的歌，自然而然就关注了她暗恋了十多年的陈升。后来看过一期侯佩岑采访他们两个的节目，才知道他们之间有着那么多的故事。

看完后虽然很揪心，可我却觉得奶茶很傻，明明知道努力了这么多年还是不可能和他在一起，为什么还要一遇见他就哭得跟泪人一样，还在那么多观众面前，像个孩子一样把自己的心情展露无遗。

那时的我并不能理解，当一个人的眼里只有对方的时候，哪还顾得上全世界。

她对陈升说：风筝的线在你的手里，只要你拉一拉风筝的线，我无论飞到哪里，都会回来的！

可最后，陈升把线给弄丢了。

现在奶茶早就为人妻了，并没有和爱了那么多年的师父在一起，她把所有的青春年华都耗在了一个不可能给她承诺的人身上，就像是只永远只能在天空中飞翔的风筝，线都没了，只能随风飘摇。

可如果你问奶茶：这么多年爱着这个男人后悔吗，觉得自己可笑吗？

她一定会很温和地告诉你，不会，和他在一起的所有好的坏的回忆，都是一种经历，而这种经历也让她成长为现在更美好的自己。

更何况，所有的真心必定是值得尊重的，她感动了无数人，也包括陈升。

以前看《倾城之恋》的时候，觉得白流苏和范柳原之间的爱情多少也是需要勇气的，特别是流苏。很多人说是香港的沦陷造就了这段爱情，可我还是觉得，如果没有彼此的真诚相待，就算再多的沦陷，他们最终还是会分开。

而这一份真诚，对两个习惯用多情来伪装自己的人来说，也是花光了他们所有的勇气。也许下一次，这种事再也不可能发生了。

张爱玲也曾奋不顾身地爱过胡兰成，可她却用那些并不美好的爱情经历写下了这样一句话：

因为爱过，所以慈悲；因为懂得，所以宽容。

我们这一生必将经历爱情，有些人可能是很多段，而有些人可能幸运地只是一段。如果每一段失败的感情都只是让你学会了否定自己和对方，那么无论经历多少次，你都只是重复消费时光而已。

所以，亲爱的筱筱，你比很多人都要幸运，你还那么年轻，你还相信爱情，你也能够用心去爱，你甚至那么勇敢地去追求你爱的人。

这对多少人来说，已经是件很难的事情了。

就像陈鸣跟我说：我知道毕业后我就只能去相亲，去找一个跟我很合适的人，然后结婚生子，完成这一生的使命。

可是，我更知道的是，我已经没有勇气再去追一个我喜欢的人了。

多么残酷、悲伤，却又现实的认知。

昨天晚上看近期的《非常静距离》，采访的是钟丽缇和张伦硕。说实话，在看《如果爱》以前，我对他们两个是没有什么印象的。虽然钟丽缇在香港算得上资深艺人，和周星驰也演过不少戏，但我是个喜欢通过故事来认识并且记住别人的家伙，所以一开始看到他们两个在综艺节目里的戏份我都会直接跳过。

嗯，我只看光洙的爱情故事。

我看这个节目算是蛮久的了，李静是我比较喜欢的一个主持人，说话有时很俏皮，性格也比较率真，总是能够一语击中人某些柔软的地方。整场采访下来，真的让人感受到了钟丽缇和张伦硕他们两人之间的无比默契和甜蜜。

唉，虐单身狗的节奏。

不过，钟丽缇在里面提到的爱情观是我比较欣赏的。李静问她：你对过去的那些恋爱后悔吗？

她很坦然地说：我不会后悔，因为我觉得我经历了很多不是这么顺的感情，但是这些感情会让我更了解自己想要什么。

在这个率真女神的眼里，再也没有比爱情更美好的东西了。对她来说，爱情是没有任何界限的，无关年龄和国籍，最重要的是合拍。任何年纪都需要爱情，四十几岁的女人难道要找六十几岁的男人才合适？年龄不重要，最重要的是两个人相爱。

的确，拥有一份真心相爱的感情实在太难得了，自己偷着乐还来不及，哪还有时间管别人说什么呢？如果总是太过在乎外界的眼光，那也许真的很难收获幸福。

所以呢，喜欢上你，虽然花光了我所有的勇气，但真的很感谢上苍，能够让我遇见你，在这个有些凋零的季节里，让我闻到了花开的气息。

既然这么幸运，我一定会用心爱你。

而那些失败了的男孩女孩，也别急着否定以前的那些感情，所有的经历都有其必然存在的道理，虽然现在很痛苦、很绝望，但这都是你短短一生所拥有的记忆。

它会让你在遇到下一个人的时候，更珍惜被疼爱的美好。

于是，你又一次相信爱情。

没有面包，哪来的爱情

最近黄教主和Baby的大婚很是轰动，据说把半个娱乐圈的人都请去参加婚礼了，于是很多人都在关心黄教主到底花了多少钱才把这场旷世婚礼办下来。

出于好奇，我在网络上随手一搜，就看到了各式各样的新闻。有说斥巨资定制戒指，有说教主送Baby千万礼金，也有说婚礼费用达数亿。

网友的评论也是褒贬不一。有些人说，这样高调举办一场婚礼，真是浪费国家资源呀；也有人说，教主真爱Baby，才会想把最好的东西都摆在她面前。

我看了一部分的婚礼视频，先不论这场婚礼的场地有多难借到，从主持人何炅和谢娜到一众明星嘉宾，再从李冰冰、王思聪等伴娘伴郎的阵容来看，只能感叹一句：黄教主为这场婚礼费尽了心思！

身边的朋友也在说，虽然觉得这种大排场难免会有些铺张浪费，但这也是一个男人给予自己心爱女人一生中最重要的礼物。

黄教主有这个能耐给得起，就算浪费，那也是他自己挣来的，又关我们何事，我们无非就是当个看客图个热闹。

我其实并不了解黄教主，对Baby的认知也仅限于人长得的确很漂亮，不过就这场婚礼来看，我还是挺欣赏教主和Baby的，至少他们是完全靠自己的能力举办了这样一个豪华的婚礼，而不是靠父母。

更重要的是，黄教主是真的想把Baby当公主一样宠，而Baby一定也有过人之处能受得起这份宠爱。这样的两个人，自然是值得被祝福的。

只是也有人说，媒体大肆报道这样的豪华婚礼，会引导年轻女性更加崇尚金钱主义，难道只有用金钱堆砌的婚礼才值得关注？

这段话让我想起了曾经朋友问过我的一个问题：你觉得金钱和爱情是什么样的关系？

我那时年少，觉得爱情就应该是纯粹的，谈钱太俗，会污染了爱情的美好，甚至在爱情面前就不应该谈到金钱。

所以，当孟瑶跟我说，她喜欢那个男生的理由中有一个是他家经济条件不错，经常会送她礼物。其实当时我并不能接受她这样说。

可后来樱桃小姐和我聊起这个话题，她说我的想法太过幼稚，甚至有些可笑。没有面包支撑的爱情，是撑不过明天的，最后只会在埋怨声中过活。

更何况，你觉得像我们这样的女生会贪图对方的那点小礼物吗？不过是因为他愿意在你身上花钱，就说明他至少此时此刻在意你，愿意为你付出机会成本。

你要知道，金钱并不是检验爱情的唯一标准，但它一定是衡量一个人爱不爱你的最快最有效的标准。恋人之间是这样，朋友和亲人之间也是如此。

之前贺敏跟我说，她和一个相亲对象出去吃饭，两人各点了一份西餐，然后各自埋了单。她很无语地跟我说，这男生看起来挺清秀的，谈吐也不错，虽说第一次见面本就是陌生人，可这样的AA制总让人觉得不大爽快。

我安慰她说：也许下次他会主动请你看电影呢！

贺敏被戳到痛处，一双大眼睛眨巴着忧伤：被你猜中了，他的确找我看电影了，可还是AA制，你知道我看电影必买爆米花和饮料，结果他不吃这些，我就自己掏钱买了。

那场电影还挺好笑的，但我再也没和他一起出去了。

我觉得蛮可惜的，因为听贺敏的描述，那个男生各方面条件都还不错，人也长得清秀，就是有点闷。于是我就说：他也不一定是小气，只是可能他就是这样的习惯呢，又或许他还没确定要不要和你在一起，所以觉得现在花钱没必要。

贺敏鄙夷地看着我编瞎话，我也就闭嘴不说话了。

因为我们两个人其实都明白，请吃饭请看电影这些都不是重点，重点在于他有没有表现出这样的态度，而这种愿意为你花钱的态度，就是一种在乎和疼爱的表现。

我有一个朋友特别不能接受男生请她吃饭，也不喜欢收礼物。她觉得女生就应该完全独立，不花男人一分一毫。

所以，当她跟我说，以后婚前要进行财产公证时，我一点也不觉得奇怪。

我能够理解她的想法，因为她不喜欢欠别人东西，如果吃了这顿饭，收了这份礼物，可能就需要付出同等的代价。但我可能更赞同樱桃小姐的说法。

人和人之间先是产生钱财交换，后面才会慢慢产生感情。

简单来说，就是当你这次受邀和他共进晚餐，下次你可以送他一个礼物表达感谢，一来二往产生感情了，也就不会在意谁付出多、谁付出少了。

更何况，人挣钱是为了什么，不就是为了花吗？关键是，你愿意把这辛苦钱花在谁身上。

黄教主愿意把这些年挣的辛苦钱花在他的美貌娇妻身上，给她一个天底下女人都羡慕的婚礼，让她像公主一样出嫁，自然是把她放在了心尖上，比起她的笑容，钱财又算得了什么，这是爱情。

但没有金钱基础的爱情，终究也会被金钱打败。因为我们的吃穿住都要花钱，谈恋爱不是光靠喝西北风就能吃饱喝足的。

韩寒说，我们有理由相信：建立在爱情上的爱情是短暂的，因为爱情本身是短暂的；而建立在金钱上的爱情是永远的，因为金钱是永远的。

我并不是一个推崇金钱主义的人，也觉得平淡温饱的生活就已经很幸福了。两个人不需要很多的钱，也不需要在大城市买一套房，只要能够自给自足，平安享乐便是福。

可我其实很清楚，平凡如我，就算想要过上上面的生活，也要付出很多的努力。努力挣钱，努力养家，努力创造更加平和的生活。

因为我见了太多那些为了老人的一点财产就争得你死我活的场景，一场寿宴争论谁出钱多谁出钱少，最后闹得兄弟老死不相往来的事，还有夫妻之间的金钱纠葛。

这些在金钱面前露出丑陋面孔的人，谁说当年他们不相信爱情和亲情？

只不过是因为自己没有驾驭和把握金钱的能力，所以不得不向现实低下了头，而那些没有被打垮的人，还依旧相信着爱情的美好，追求着精神上的满足。

他们相信爱和承诺，他们知道努力和付出，他们还懂得谦卑和感恩。

所以我不再仇视金钱，也不再过分渲染纯粹的爱情。因为我知道，金钱的确很俗，可没有它，又拿什么来衬托你的爱情呢？

1.

我已经很久没有出行了，也已经很久没有和你说话了。

昨天刚从古镇归来，遇上了绵绵的细雨。我就这样，双肩背着一个包，左手拎着一个小行李箱，右手打着伞，一个人站在火车站的出口，怅然若失。

我是真的很不喜欢下雨天。

小时候每次下雨，我都会高兴地打着伞一路飞奔到河对岸的小卖部，买上几包薯片和辣条，结账的时候都是一副喜滋滋的模样。

然后又是一路小跑回去，雨水打湿裤脚，就赶紧脱掉鞋子袜子，踏着咯吱响的木梯，喜悦的心情就像是被放出牢笼的鸟儿展翅高飞一样，一个人偷着乐。

你说你不懂这样的情绪。

于是我耐心地解释给你听。你看呀，下雨天外面都是湿漉漉的，连天都是阴沉沉的一片，这样的日子最适合躲在被窝里看电视了，如果能吃上薯片和辣条，整个人的心情就像是晴天。

你似懂非懂地点头，然后说：哦，我知道了，原来下雨天你就可以名正言顺地偷懒了。

我一时之间竟也找不出合适的理由反驳，于是一个人生了很久的闷气。

以至于，我现在穿着一双凉鞋，走在雨中，莫名地就想到了证明自己不是偷懒的理由：下雨天出门，脚很不舒服！

可我知道，你已经在我的黑名单里躺了无数个夜晚，再也听不到这个理由。

2.

这几天，我又开始一个人出行。

距离上一次出行，才两个月的光景。不长也不短，但也感觉像是过了很久很久，久到让我以为下一年的时光悄然将至。

明明是相似的夜晚，相似的雨天，却是不太相似的场景。

那时我撑着伞，依旧是站在人烟稀少的大马路上，跟你讲述一个陌生人在小巷子里烧冥钱，祭奠已逝之人的故事。

我无厘头地说，如果有一天我比你先走，你一定要记得多给我烧一些好吃的甜点，最好来几本书给我打发时间。

可转念一想，吃的东西好像不能焚化，只能看看。

你却一点也不配合，堵了我的话说，现在多吃点，以后就不会想吃了。

于是，我那次就真的跑遍了各个地方，一路寻找好吃的美食。榴莲冰激凌、菠萝油、杨枝甘露、红豆双皮奶，每一道我都吃得很满足。

只是这份心情少了分享，就少了几分乐趣。

我在微信上发给你美食的照片，许久后你回复：吃得这么畅快，真让人羡慕，大晚上的我都想去甜品店海吃一回了。

可我知道，你总是在忙工作，哪有闲情逸致跑到外面吃上一碗甜品？我笑着说：等以后我把这些都做给你吃。

你听了，却不再说话。

3.

前些天，樱桃小姐孤身一人跑到了海岸边的小岛上潜水。

她出行之前幸福满满，我也是羡慕得紧，直嚷嚷说：要不是开会，我早就溜出去和你一起浪了。

她骂我孬，连个破会议都不敢逃。然后转身拎上装着漂亮衣服的行李箱，自信、美丽地踏出了小窝。

我没骨气地埋头苦干了几天，却接到樱桃小姐的电话。

她说：一个人的旅行很自由，遇到了一些有趣的人，看到了不一样的风光，明明是那么快乐的事情，可为什么一到晚上，我却一点也高兴不起来。

她说：我本以为一个人出行最开心，不用因为别人的意见而打乱自己的行程安排，也不用迁就和忍让，可以随心所欲，可我却觉得很孤单。

她还说：那些路上的人都有他们的故事，而我的故事，只有他懂。

我知道，当你心里住着一个人的时候，无论你如何说服自己，你都逃不开他的影子。除非有一天，你的世界与他再无联系。

那么，回忆也就索然无味了。

于是，我骂了樱桃小姐：你下次找两个人都适合的时间把他拖出去，别再一个人自怨自艾地过活了，真是作孽地折磨自己。

她笑着说：哪那么容易？

不是不容易，只是不在心。如果他把你放在手心里，又怎么会不愿意抛下手头的事，挤出时间来陪你？所以说，樱桃小姐，明明是你更愿意迁就他的时间，你却还死不承认。

不过，不承认的何止她一个？

4.

我还是站在了车水马龙的街道上，天下着雨，我撑着伞。

路边经过一对情侣，男生替女生撑伞挡雨，女生在一旁咕哝：都怪你，非得挑个雨天出来玩，我鞋子都湿透了。

男生下意识就蹲了下去：要不我背你，反正你这么瘦，跟背个书包一样。

女生偷偷瞄了周围一眼，发现没人注意到，就立马拉起男生，抱着他的臂膀，甜甜地笑。一米八的傻大个还没反应过来，就被娇小的女友拉着去了前面的台湾美食店。

"我们去吃甜品吧！"

你说好，以后带我去台湾，你负责选美食，我负责品尝。

然后你还布置给我一个任务，说要是我去逛诚品书店，就一定要当好导购，选几本好书送给你。

我嘲笑你：那么想沾染我的文艺气息啊，可不适合你这个工科男的风格呀！

你不急不躁，反驳的话说得有理有据：谁要你的矫情了？我这是提高文学素养，多看书，少说话，不和你争辩。

一时之间，我又被你堵得说不出话来，然后就不吭声。

你笑了，却再也没有以后。

情侣的脚步声还在耳边，我的思绪早就绕了好几圈。到最后，一阵冷风，一个激灵，就打断了我所有的回忆。

5.

你曾经许诺我一次美食之旅，还没开始，你就离开了。

所以，我只能想象，如果天气晴朗，如果神清气爽，如果万事俱备，我们的旅程会是什么模样的。

然后D小姐告诉我：和他一起去美丽的岛屿，说走就走，没有任何攻略，在岛上惬意地过了五天慢节奏的生活，简简单单，很安静，很幸福。

豆芽说：和他一起在冬天的西湖上泛小木舟，傻傻地用手机外放《渡情》：百年修得同船渡，千年修得共枕眠。然后就觉得，要一直白头到老。

宇先生说：和她在一起的旅程总觉得时间太少。帮她拍好看的照片，一起分享美食，手牵手漫步在繁华的街道上。眼里只有她，没有风景。

Y小姐说：和他一起看美丽的风景，一起吃甜甜的菠萝饭，一起吃辣到哭的火锅。一起坐过山车，十指紧扣，尽管很害怕，但是有他在身边，什么都变得不再害怕。一起坐十几个小时的硬座，难受得想吐，但有他陪着却很快乐。

即使是去陌生的地方，也有一种"有他在的地方就是家"的感觉。

肖小姐说：两个人的旅程中，看周围的风景比平时一个人旅行美很多。更重要的是，无论多远的路，也都不会觉得远。

Amy小姐说：和他一起出去旅行，会一直牵着手不想放开，人多的时候会紧紧地拽着。

生怕一不小心跟丢了他，就像丢了全世界。

6.

我又回到了原来的地方，日子也照旧过着，没有你的消息。

之前听人说，检验一对情侣能不能长久的方法，就是一起牵手旅行。因为旅途中会出现各种问题，而这些问题远比你们平常生活中的看电影、吃饭来得更加棘手和现实。

如果抛开其他的家庭因素干扰，在旅途中你们能够更爱彼此，那么你们真的很适合过一辈子。

一个人的旅行很精彩，但两个人的旅行也许更幸福。你会发现彼此更私密的喜好，也会发现一些无语的小怪癖，有些甚至可能仅仅是如何系鞋带的问题。

如果你依旧一人，希望你能早日找到那个不仅许你，还陪你开启一段新的旅程的人。很多啼笑皆非的小场景，值得你一一去感受。

而我，却要对你说声，对不起，是我一不小心，弄丢了你。

感谢你，赐我欢喜陪我忧

1.

那天，我记得是个寒风凛冽的冬日。

屋外飘起了小雨，窗子边上的缝隙里时不时会漏进几丝寒意。我躲在厚厚的被子里，身体瑟瑟发抖，于是难过之下发给你一条讯息：

喂，我不开心。

你立马打电话给我。可我知道，你明明是在工作。

怎么不开心了，你问。我却能听见你说话时，周围传出的回音。我知道你是躲在厕所偷偷打给我的。

我说：因为肚子疼，因为下雨天，因为天好冷。

你说：那你躲在被子里看会儿综艺节目，多喝点热水，今天别出门了，你每次遇上下雨天心情就不好，要不吃点零食？

我不说话，生闷气。

电话那头的你紧张起来：怎么了，怎么了，要不要我给你讲冷笑话？

我说：你光讲冷笑话有什么用，我还是不舒服，还是不开心，还是会冷。说话又不能治病。

你急了，问我：那我要怎么做才能让你开心呢？你要不骂我吧，因为你好像打不着我，说不定骂我几句就有劲了。

我莫名地就被你逗笑了。明明是我无理取闹，你却像个傻瓜一样，哄我开心，任我闹。

那是我脑海里，至今还能画面重现的幸福场景。

2.

前天我在后台收到笑笑和Z先生的故事。笑笑说，Z先生比她大八岁。在她眼里，他是一个干净的人，感情干净，生活干净，整个人都是干干净净的。

他们在一起已有三年，一直都是异地恋。

说到最幸福的时刻，她说，记得他最后一次租房子，因为比较急，所以没有找到特别合适的房子，只找到一个老旧的两居室。

因为知道假期笑笑会过去看他，他就在她来之前，把整个家重新粉刷了一遍。

他就那样，一下午蹲着用钢丝球擦卫生间的地板砖，还把厨房的台面、油烟机，甚至是所有的玻璃窗，擦得一尘不染。

她当时去了还没有什么感觉，可后来看了他拍的前后室内的对比照，莫名地就落泪了。

说到最后，笑笑告诉我：小墨，等我明年毕业，我们就要结婚了。

真心地祝福笑笑和Z先生，你们会一路幸福下去。

3.

白白也很高兴地和我分享：小墨，我和他之间的幸福时刻真的太多了。

每次我来"大姨妈"的时候总会疼得死去活来，然后他会很心疼，立马进厨房给我熬姜糖水，等半温的时候哄我喝。

记得异地恋的第一年，那时我特别想念他。

我晚上在电话里缠着他说了很多的话，边说边难过。结果第二天我上班到公司门前，就看到他傻站在我公司的门口，咧嘴冲我笑。

虽然他总是笑话我是个吃货，有时甚至还会用嫌弃的眼神看我，可只要遇上好吃的，却一定会带着我去吃。

小墨，和他在一起的每段时光，都像是吃了蜜一样甜。

幸福，也许就是和你心爱的那个他，做着同样一件事。那这样说来，同在一个天空下呼吸，仿佛也是件很幸福的事。

4.

S小姐说：小墨，你高中时有没有遇到过这样一个人？

那时的冬天很冷，高中学校的宿舍没有热水，我们都要去其他地方排队打水。

他就会在下课的十分钟内赶去打水的地方，提前给我打好，然后在我从教室回宿舍的时候给我。

大冬天的晚上，我有时候会饿，他就偷偷翻墙溜出去，带回来热腾腾的夜宵。

我怕吃多了会胖不好看，就很难过地说：再这样吃下去会胖的，你会嫌弃我的。

他捏了捏我的脸蛋，笑着说：你怎么吃都不会胖，况且，胖点才可爱呢。

然后我就莫名地害了羞。

有时我会嫌弃食堂的早餐不好吃，他就五点多早早起床，跑很远的地方去买我最爱吃的小笼包。

等我吃到的时候，竟还是热的。

这样的一个人，如今还在S小姐的记忆深处。

5.

南方姑娘说：最幸福的时候是去年冬天。我是个南国姑娘，一到冬天手就容易生冻疮，然后他就一直握着我的手，不停对着我的手哈气。

索索说：我有一次和他一起走在路上，地上的污水不小心进了凉鞋。我很不舒服，不想再走。因为没有带纸巾，他就直接蹲下来用手擦掉污水。可他明明是那么爱干净的一个人。

余先生说：看着她吃饭的时候，就是最幸福的时刻。

夏天说：幸福的时刻大概是，我在闹，他在笑。我叽里呱啦地解释，他的一句"我知道"，就足以温暖我一生。

黑皮先生说：那是个下午，我去她家，在客厅坐着，听到她妈妈在厨房说这个朋友不错，好好处。她回头望了我一眼，在阳光下侧着脸笑了，于是那画面一直印刻在我的脑海里。

念念说：他知道我很怕打针，于是我每次打针时他都会抱着我的手，喂我吃最爱的果冻。有一次我穿高跟鞋不小心摔破了膝盖，他一边拿喷雾为我处理伤口，一边心疼地紧锁着眉头。

丫丫说：最幸福的时刻，不过就是和他一起上下班，一起吃饭，一起睡觉。然后，一起白头到老。

奶酪说：我记得那时我脚抽筋，他就蹲下来帮我揉脚，突然间我感觉时间都静止了，忘记了脚上的疼痛，只静静地看着他。直到他问我疼不疼，我才回过神来。

默小姐说：有他在，就是一种幸福。

6.

原来，我们都曾遇见过一个人，赐你欢喜，陪你忧愁。

如果你现在还和这样的人在一起，可以转身给他一个暖暖的拥抱，告诉他，谢谢你给我那么多幸福的时刻。

如果失去了，那也要感谢，至少他曾经在你的青葱岁月里，是那么重要的一个人。

然后，勇敢向前，去遇见会给你未来幸福的那个人。你要相信，终有一个人，会赐你一辈子欢喜，陪你一辈子忧愁。

因为，你是那么值得收获幸福。

我慢慢变成，思念你的模样

　　高中时第一次住校，瘦高的女孩背着又鼓又重的书包，站在陌生的学校门口，跟送行的父亲道别。我爸很爽快地跟我挥了挥手，让我赶紧进去，然后关上车门，掉头就走了。

　　我还没回过神，就看着他已经离开了。

　　校门口站满熙熙攘攘的人群，车子一辆辆地停下来，又都开走了。青春有活力的同学，阳光明媚的天气，景色优美的校园，却怎么也冲不散我心里头的那种忧闷。

　　我不是一个能很快适应新环境的人，每次一到新的地方，总要端详研究很久，才会找到自己最舒适的生存方式，然后慢慢扎根。

　　而每次适应的这个过程，总是无比漫长和煎熬的。

　　我就那样站在门口好一会儿，瘪瘪嘴想哭，却又觉得大庭广众之下会被人笑话，这么大的人了，又不是上小学。于是，我就忍住情绪垂着头，一路走向教室。

　　因为是直送生，我们被安排在了比较偏僻的地方。

　　现在想起来，那两个多月的提前班学习的日子，在我记忆里是比较模糊的。虽然我还能清晰地记得每个傍晚休息时分，室友们会在寝室里互相嬉闹，洗衣服，聊八卦，但大部分的时光似乎都已经掩埋在不知名的地方了。

五月的光景，总是和盛开脱不了干系。

蔷薇花开满了一路，沿途的日本槭张牙舞爪地长着，常青树站在两旁，我走在林荫道上，满脑子还是离别的场景。

有时候觉得，明明在一起时没觉得父母很重要，反倒是离开了就开始无比思念。这种因距离而产生的对美好事物的回忆，让人多少可以慰藉一下孤独和担忧。

嗯，我想那时候自己一定是害怕的，担心这个新环境的新朋友不喜欢我，担心自己在新班级里找不到舒服的位置，担心没有人陪伴。这种对未知不确定的恐惧，必然会让我对以前美好的事物和人产生思念之情。

说到底，这也是逃避的一种。只是这种逃避，来得太突然，是一种本能。

我已经不记得那天发生了什么事，只记得每个人都进行了自我介绍，然后下课后就有一个女孩跑到我面前说：嘿，我叫小米，我们以前是一个初中的哎！

窗外的阳光特别好，有点刺眼，我眯眼用手推了推笨重的眼镜，抬头看着女孩的笑颜，竟有点晃神。那时候我还不知道多年后会有小米手机，只晓得有那么一个瘦瘦高高的女孩叫小米。

我也伸出手，咧开嘴笑："你好，我叫小墨。"

这是我在高中交到的第一个朋友。

因为直升班本来女生就少，当时我们的寝室又是十人间的，我就和小米住在了一个寝室。

那时候，我身边的很多同龄人都是经历过在校住宿的，特别是我们当时的中学初三都要住宿。但因为我家住得近，我爸和老师洽谈后就让我走读了，所以我一下子并不能适应这样的集体生活。

显然，小米比我懂得更多的生活经验。

她会告诉我：傍晚我们吃完饭要去打热水、洗衣服，要不然晚上会没时间的。她会说：饭点到了要赶快去吃，要不然就没好吃的菜了。她还会催促我：你赶紧洗漱，赶紧起床，赶紧吃早饭。

于是，我就这样被她牵着跑来跑去，一点点地适应紧张而又忙碌的高中生活。

那两个月的时光，对我来说是短暂而又浅淡的，我已经不记得班主任是谁，班上有多少同学，哪个男孩是班草，哪个女孩是班花，甚至不记得自己的同桌是谁。

只有小米，是让我从脑海里拎出这段回忆的唯一凭证。

后来开学分班，我们两个并没有分到一起，在新班级我也有了很多的朋友。虽然我们两个因为距离走得越来越远，我却始终记得那个午后，有个女孩打断了我的思念，然后陪伴我走过了长长的夏季。

大学离家去了更远的地方，依旧是我爸陪我坐飞机去了陌生的城市，然后帮我办好开学手续后就一个人离开了。

虽然已经不再害怕集体生活，却还是害怕新的环境、新的人、新的适应。有时候会一个人傻傻躲在楼梯下黑咕隆咚的小地方，在无人的时候打给高中的闺蜜，打给家里的父母，也不知道讲什么，就是不肯放下手机。

然后，又会遇见另一个女孩，和我一起吃喝玩乐，一起疯疯癫癫，一起陪伴走过无尽的黑夜。

青春岁月里，总有那么多的人在我们的世界里进进出出，我记不清所有人的模样，也记不得所有的事情。可每每一个人的时候，却又会如数家珍般把思念串成珠链，细数生命中出现过的那些人。

所以，还会记起最初离家的夜晚，和小米肩并肩坐在小花园的长木椅上，看着水波粼粼的湖面，晃荡着离了鞋的小脚丫，轻声私语。

我说：这是我这么多年来第一次离开他们，我天天晚上想回家。

小米说：我也想家，可是你不觉得这就是成长吗？你不离家，就不会懂得思念，也不会认识新的人，见到新的东西。我们也不会认识。

我有些赌气地说：可我并不想长大，也不想离家。

小米扑哧笑出声来。我有点羞恼，也急于遮掩自己因为幼稚而脱口而出的话，拦住她说：你别笑，别笑话我。

哈哈，没事，你不长大，我陪你长大咯！

然后两个少女的笑声如铃声般飘进了林子里，风沙沙地吹。仰着头望天，夜空很美。

那时候我还不明白，小米怎么可以那么放得下，甚至还埋怨她太过理性，活得跟个小大人一样。

可现在的我知道，离开有时也并不是一件坏事，我会懂得去思念他们的好，谅解他们曾经说过的伤人话，我会比以前更爱他们。当然，离开也能让我遇见更多的未知，好的、坏的，都去慢慢体验一遍，等回去的时候再跟他们诉说我经历的那些美好。

我的成长，总是比别人慢几步。懵懵懂懂，渐渐懂得一些事，理解一些人。

前段时间回家的时候，我妈像个孩子一样说要和我一起睡，于是就把妹妹赶去了自己的房间。

她埋怨说：你现在回家的次数越来越少了，我再不抓紧和你待一起，等你离开了，我就只能看你的照片了。对了，你拍几张好看的自拍照给我存手机里。

我莫名地鼻子有点酸。

眼前这个强悍得不可一世的女人，也慢慢变成了孩童的模样。仿佛时光不仅仅改变了美丽的容颜，更是让一颗坚强的心变得无比柔软。

我说：好好好，等你穿上美美的衣裳，我就和你自拍一个呀，你不美的话，我可是要嫌弃你的。

她笑得有些害羞：都一大把年纪了，哪有什么美不美的？

然后，她就屁颠屁颠地跑去翻箱倒柜了：你说我穿这件好看，还是那件好看？哎，这是你去年给我买的连衣裙，我还没穿几次呢，真漂亮！

这一晃眼，记忆里她年轻时对我严厉的管束，禁止我和朋友出去玩，晚上十点必须睡觉，不准看电视，不能单手吃饭，那些个苦闷怨恨的日子仿佛已经过去很久很久了。

前几天室友说：我妈自从学会了上网，现在大晚上时不时就给我发QQ语音，有次我在外面接了一个，真是心疼我的流量呀！

我说：嗯，我也是，每天都和老妈聊半个小时，有时晚上有时间还和她视频聊天。

室友说：想想以前我妈都是不怎么管我的，她和我爸光顾着挣钱，也不怎么有时间和我说话。现在离家远了反而沟通得多了，虽然嘴上会觉得她烦，其实我觉得这样也挺好的。

我笑着说：距离有时真是个好东西，像我以前在家里睡懒觉，我妈总是会大早上骂我，掀我被子，吃饭挑食也要说，还要让我洗衣服洗碗、扫地拖地打扫房间。现在我回去，他们不说我也想帮他们做，感觉做一次少一次。

哈哈，人就是犯贱呗。离开了懂得想念，失去了懂得珍惜。

嗯，时间真是个奇妙的东西，和思念一样，不停地治愈我们的内心，让我们懂得原谅过去的不美好，珍惜现在爱你的和你爱的人。

如果可以，用力去思念，去爱，去说出你心中的感恩和感动。

我还没有变成你思念的模样，却已在思念你的路上越走越远。多年后的我，也开始学会思念当初的自己，思念那青春年少的美丽时光，还有一群陪伴我的可爱的人。

没有人比你更爱我

我妈是个很平凡的中年妇女，可在我眼里，她一点也不平凡。

1.

1990年那年，我们村子里的人流行去上海打工。从上海回来的年轻人都说做茶叶生意很赚钱，我爸就抛下了挣不了多少钱的木匠工作，想去上海闯闯。年幼的我留在了奶奶家，两个老人照顾我，还有一个比我大八岁的堂哥。堂哥的父母也去了上海，孩子在身边不好照料，就托付给了老家的长辈。

小时候的事情，我记得不清楚，都是听身边的人零零碎碎地说起。我奶奶说：你妈第一次离开你去上海的时候，哭得跟个泪人一样，死死不肯放开你，还老跟你爸说能不能带走你。其实她心里也知道带走我也没时间照顾我，还不如在老家被照顾得周详。做母亲的哪个舍得抛下自己的孩子，尤其是还没满周岁的婴儿，一想到分离就心如刀绞。后来我爸说了句：你忍忍，等我们在上海稳定了之后就把囡囡接过去。她这才止住了哭声，紧紧抱了我一下，逼着自己走了。

　　刚创业的人忙得和狗一样，根本没有时间思念，每天空闲的时间都用来睡觉了。就这样，三年后，我在老屋的楼梯上见到了过年回来的爸妈。我妈见到我特别高兴，想要把我从楼梯上抱下来，结果我因为太久没见他们，怕生了，就一下子哇地哭了起来。奶奶在一旁赶忙把我抱住，一边拍我的后背安抚我，一边说着：囡囡，这是妈妈，不要怕。我妈就那样傻傻站了好久，眼泪也止不住流了满脸。

　　后来，我妈坚持说要把我带到上海去，我爸说：再等等，我们现在两个人挤在那个小房间里都难受，你忍心让囡囡跟着我们受苦啊？等我们搬到宽敞的住处再把她接过去。她沉默了一会儿，就说了一句：好，那我们这次回来多住几天，钱是赚不完的，我不想因为赚钱让我女儿连妈都不记得了。于是，那几天她吃喝拉撒都不肯让我离开半步，睡觉的时候也是抱着我，给我唱摇篮曲。离开的时候，她又哭成了泪人。

　　我五岁的时候，出了一场意外事故，外婆当时还因此昏迷不醒。据说是清晨时外婆骑车载着我出远门，在上桥的时候自行车一个不稳就从桥上掉了下去。外婆的右耳受了重伤大出血，我的额头擦伤了，自行车摔得粉碎。我爸妈连夜从上海赶了回来，我只记得我妈抱住我的时候手在颤抖，嘴里一个劲儿地说：妈妈错了，是妈妈不好，妈妈错了……

　　幸好后来外婆没事，我也检查不出什么问题。不过，这次我妈说什么也要把我带走。她一直是一个懂得隐忍的人，可她受不了失去。就这样，我在上海和父母生活了三年，直到我被查出眼睛有问题。

1998年的春天，我妈发现我眼睛近视了。那时候不像现在，身边基本没有人近视，尤其是像我那么小的孩子。我妈以为我是遗传了外公的高度近视，心里很恐慌，害怕因为自己把我的人生给毁了。她和我爸说：上海的生意不能没有你，但囡囡的眼睛得治。

于是，她一个女人只身去了很多地方询问医生，不同的法子换着给我试，只要有效果，花多少钱也不在乎。一年过去了，我的眼睛依旧没有好转。医生对她说：你也别怕，这不是什么要命的大病，你先让她戴着眼镜试试。我妈那天回来后就躲在房间里不说话，我开门进去，她看着我，眼里一片哀戚，只说了句：囡囡，妈对不起你。

2.

我们那儿有个规定，如果要生第二胎，就要等到第一个小孩八岁后才可以。我妹出生的时候，我刚好八岁。那时候爸妈在上海的生意不是特别好，攒了一笔钱之后就想回老家镇上来第二次创业。我妈一边要照顾新出生的妹妹，一边要照顾刚上小学的我，一边还要照顾爸爸，因为实在忙不过来，奶奶就想让我回村子里，这样也有人照顾我。于是，我在村里唯一的一所学校读完了小学，直到初中，才回到了父母家。

青春期那会儿，我其实和父母的关系不是很好，因为心里总是会埋怨爸妈只管妹妹而忽略了我，有时候表面上不说，行动上总是有攻击性。小学时我特别爱玩，学习成绩在班上不好不坏，但中学聚集的是许多所小学的人，所以我的入学考试成绩在一千左右个学生中排名两三百位。我妈从来不评判我的成绩好坏，我也不知道哪来那么大的劲，突然想好好学习，考进全校前一百名内。

因为基础比较差，我每天晚上都会学习到很晚。那时候我爸妈的生意已经稳定了，我妈平常也有了空余时间，妹妹也长大懂事了很多。于是，我妈开始每晚陪我自习，一般是我几点睡，她要比我晚十分钟睡。一开始我是挺烦她的，总说我喜欢一个人安静地看书，别来打扰我。她听了也没说什么，只是偶尔轻手轻脚地进我房间给我放杯热过的牛奶，有时是切好的水果，有时是饱腹的饼干。我平常睡觉比较死，一般睡着后怎么都不会被叫醒，后来我爸跟我说：你不知道半夜你妈都要起身好多次，看看你有没有踢被子，看看你睡得好不好，就是从那时候起，她的睡眠变得很浅。

初二的时候，我的学习成绩一下子赶超了上去，进了全校前五十。我妈很高兴，说：不愧是我女儿，真厉害。经过一年的相处，我们之间的关系融洽了很多，偶尔也能说说知心话。生活似乎都变得顺心起来，可人生总爱和你开玩笑。

那时候因为一心拼学习，和朋友之间的关系相处得不是很好。在学校里，女生都爱一群人吃饭，一起约着去厕所，放学后一起回家。可是，我慢慢地就变成了一个人。一个人吃饭，一个人去厕所，一个人走路回家。每天在学校也不爱说话，回家后也是闷头做作业，做完了就开始看各种书。那时候我似乎除了书，也没有可以聊天的朋友。结果，我患上了轻微的社交恐惧症。

我对那段时间发生的事情的印象有点模糊。只记得我妈开始每晚每晚地陪我睡觉，本来我是和妹妹一个房间的，结果整整三个月，晚上我妈都陪着我聊天。她可能也没想到，有一天会成为我的心理医生。对一个读书不多的女人来说，她讲不出一套一套的理论，只能用她仅有的三十多年的生活经验给我讲故事。我那时候问得最多的一个问题就是：为什么我要活着？我妈听到我这个问题的时候有点发愣，她说：我也不知道为什么要活，我只知道我不能去死，因为你们都需要我。

我妈说，她需要我，爸爸需要我，妹妹需要我，还有爷爷奶奶、外公外婆都需要我。所以，我得活着。

我们聊了三个多月，从她小时候的故事讲到我小时候的故事，再讲到外公外婆的故事，还有她和我爸的故事。我第一次知道，原来做女人这么辛苦，要做个好妻子、好媳妇，做好妈妈更加辛苦。可眼前这个脸上长满雀斑、身材有点圆润的女人，却是很多人称赞的对象。我开始晓得，这个女人心里也有很多苦，只是她一直坚强地隐忍。

她对我的开导真的起了作用，我慢慢变得不再害怕，也开始有了自信。我的学习成绩也越来越好，也交到了新的朋友，初中很顺利地以保送高中而结束。

3.

我妈以前对我们其实一直都很严格，所以被她拉扯长大的妹妹从小就很懂事。而我这个从小被放纵惯的孩子对她来说却很头疼。我从小有太多的坏习惯，她花费了好大的力气才把我的一些坏习惯给纠正过来。因为不爱吃饭，只爱吃零食，所以我的体质一直都不好。我到家的第一天，她被我的瘦骨嶙峋给吓到了。

此后，每天早上她都坚持给我吃蛋白粉、鸡蛋、牛奶还有香蕉。因为我很挑食，早餐不爱喝粥，她就每天早上给我换着花样做，有时候是炒面，有时候买来三里外的小笼包，有时候是馄饨。她还怕我吃不惯食堂的饭，有时候店铺的生意不是很忙的话，她就会跑来学校给我送午餐。高中因为离家远要住校，我那时候想家想得紧，她一有空就会和妹妹过来看我，给我带来很多零食和水果，然后把我的脏衣服带回去洗。一年复一年，她成了我们寝室来访次数最多的家长。

因为高考失利，我跑去了偏远的云南读书。从中国的东南部跨越到了西南部，她每隔两天就会给我打个电话问我吃得好不好，穿得暖不暖，住得习不习惯，钱还够不够用。那时候刚进大学，我很有干劲地忙着各种乱七八糟的事情，总是没聊几句就挂了。现在回想一下，好像都是她打电话给我，我却很少主动给她打。有时候打了电话也不知道说什么，能共同聊的话题越来越少。

2012年被谣传说是世界末日，那时候我接到电话说我妈住院了，胃大出血。我从来没想过这么坚强的一个女人也会有生病的一天，似乎她在我眼里就像神灵一样强大。我买了回去的火车票，赶到家的时候看到了她苍白的脸颊和疲倦的眼神。我第一次感觉到害怕，因为我很怕失去这个世界上最爱我的女人。她其实没有我想象中那么坚强，只是孩子还没长大，她不能软弱。那天晚上，我们又聊了很多，聊生活，聊感情，聊人生，最后她睡着了，我看着她的睡颜，傻傻地笑了。还好，还好，我们都还活着，我还有机会能带你游山玩水，去你最想去的山间搭房子，陪你走完你的一生。

　　昨晚，和她视频聊了天。前段时间她身体不是很好，经过这几天休养，感觉精神好了许多。视频里她一直在笑，我就问：你为什么笑呀？她说：现在的科技真好，隔大老远的还能看到我们家囡囡的脸，你妈妈我开心。我厚脸皮地说了句：是不是看到你家阿囡我，比中了五百万还高兴呀？她立马回道：五百万哪够呀，我家阿囡在我心里是无价的。我承认，我被肉麻到了，可是我喜欢。

　　我以前问过她：当初要是知道我这个孩子这么麻烦，你还会生下我吗？她笑着说：生都生了，还能塞回去不成？况且，你是我身上掉下来的心肝，爱你还来不及，又怎么会嫌你麻烦？

　　我突然很感谢这辈子能成为她的孩子，如果人真的有下辈子，我希望下次能换我当她的母亲，爱她胜过爱自己。

　　爱你的囡囡。

　　一碗绿豆沙。豆子几捧，糖少许，适量清水。出锅时热气腾腾。

　　夏日炎热，里屋却一片清凉。铁栏杆排排站，老报纸把窗户堵个严实。凉席铺了一地。祖母轻声叫醒午寐的孩童，在耳边低语几句。锅碗瓢声响起，弄堂里便聚集了一群猴孩子，个个喜出望外。

　　家中并没有冰箱，祖母从附近冷库取零碎冰块回来，凿碎了放进锅里。凉爽清甜，一个个吃得酣畅。木盘子装了三四碗，总会给邻里人家捎上解暑。偶有路过的行人，也会被拉来吃上一碗。闲话家常，人情自暖。

　　那时，欢颜笑语，只是因为绿豆沙。

　　南方小村落的生活并不宽裕，感觉却比现在丰足。村民大多数都有几亩地，家中长辈耕耘了大半辈子，食物都是精心栽培的。祖父农作，天微亮便扛着铁耙锄头出门，日落归来。得闲时，孩童揽了送饭的活，提着竹篮子一路小跑，惹得背后一阵惊呼：囡囡，慢些走，小心撒咯！

铁盒子里装了满满的白米饭，一碗炒青菜，配上一壶笋干汤，祖父在田间地头自是吃得畅快。烈日当头，祖父疼爱孙女，将草帽一把扣在孩童的头上，活像个稻草人。祖孙俩吃饱喝足，临了，还不忘将祖母精心泡制的解暑茶水分给左右田地上的老大爷们。一个个，都道孩童乖巧。老少对着眼咧嘴笑。

那时，人与人之间的情谊，一碗凉茶足矣。

炊烟袅袅。河畔石阶上水声哗哗，人来人往。隔壁阿婆家的小儿子捞了条河鲶，孩童好奇心重，瞧着阿婆将活鱼开膛剖肚，满眼惊奇。我也央着祖父去渔船上捕鱼，放了一天的空篓子，竟也能捕获几条小鱼。一副小大人的样子，拿着巴掌大的菜刀，跃跃欲试，也想当回屠夫。

有人从里屋出来，瞧见这幅景象，自是忍俊不禁：我说眼镜，你别把自己的肉当成鱼鳞给切咯！祖母也是着急，挪开菜刀，有些埋怨：女孩子家细皮嫩肉，干不得这种粗活。刀离了手的孩童小嘴巴一嘟，双手一插，头一撇，小板凳上一坐，闷声赌气。

天暗下来。阿婆家的木桌上早早摆了一碗毛豆、一盘苋菜、半条鱼，还有家家必不可少的笋干汤。祖父也从屋内端出一道道家常小菜，添上桌面。有人戏谑：眼镜，快尝尝我捞的大鱼，一定比你的细皮嫩肉好吃。焐热的小板凳一下子凉快起来，屁股早就迫不及待挪向长凳，却还不忘回嘴：切，排骨你别臭美，还不是阿婆做得好吃！

那时，温暖的传递，也许只需要半条鱼。

村子里没有集市，大部分时候吃的都是自家的蔬菜果实和鸡鸭猪牛，偶有富裕人家会跑到几公里外的闹市上买菜。祖父那时勤快，一家三四口人吃不了多少，也没图着卖，遇上谁家晚上缺个菜，就会让孩童送过去。一来二往，便识得了不少人。

有时饭点也不见孩童回来，祖母出去叫唤，老台门里的家家户户都喊了遍。遇上路人，说是跑去了老李家。找到时，孩童嘴巴里早已塞满了谷粒，却不忘夸赞：阿婆，你做的稻草肉真是太好吃了，我得让娘学学。直说得二老笑露了牙。临走时还依依不舍：阿婆，我下次再来哈！

平常谁家媳妇坐月子，祖母便会宰只老母鸡，炖一上午熬成汁，用瓷壶一装就送过去。要是碰上哪家孩子生病，也会熬了生姜红糖水，逼诱着一帮野猴子当甜品喝。自然有不乖的时候，孩童不爱生姜，吵闹着不喝，也只能作罢。

年轻人都在外，难得回来一次，整个弄堂都热闹。每每这时，祖父会送去新鲜收割的蔬菜，阿婆家会送去一盘河虾，左邻右舍也会将自家的时令鲜蔬送过去。河畔石阶热闹起来，三三两两的妇女洗菜淘米，说说笑笑。小孩也会绕着门前的石板路嬉闹，跳皮筋，踢毽子，过家家。

那时，简简单单的食物，却也是情意充沛。

夜深了，别忘了回家的路

昨天半夜，阿瑶问我：小墨，你有没有发现，我们在快乐的时候很少会想起父母，却在伤心孤单的时候想得厉害？

你说，我们到底是应该陪在父母身边，还是在外努力工作呢？

这倒真是一个让人很难回答的问题。

因为对我们大部分人来说，好不容易从小乡镇跑到大城市读书上学，见了世面，志气很高，总想着去更繁华的都市打拼未来。

我们很想出人头地，很想衣锦还乡，也很想过上好日子。

所以，我们挣扎在烦闷的出租房里，奔波在拥挤的地铁上，隐忍在忙碌的岗位上。我们每天为着生计打拼，为着关系筹谋，为着感情烦恼。

我们再也拿不出更多的时间，闲暇时跟父母叨唠一句：爸妈，今天晚上吃了什么？

我都不知道自己今晚吃了什么。

辛羽前些天发微信给我：小墨，我打算明年回老家工作了。

我有些惊讶，问她：那你把培训工作给辞了？薪酬那么高，你可考虑清楚了？

她发来一个无奈的表情，然后是一段长长的语音。

她说：小墨，我知道这份工作薪水不错，可我觉得太累了。我每天要上10小时的课，现在喉咙已经半哑了。我在这里虽然很自由，可是你知道吗？

当我一个人躲在只有十几平方米的小房间里，每天吃着难吃还死贵的外卖；我没有周末，轮休了别人都在上班，我也不知道去哪儿，只能躺在床上看综艺节目来消磨时间；生病难受的时候一个人去医院打点滴，被上司责骂只能躲在厕所里号啕大哭；大多数时候，都是一个人看电影，一个人过节，一个人逛街。我就开始怀疑自己到底在图什么。

说实话，我没什么宏图大志，也没什么理想追求，我就想回家。

我想下班的时候能吃上一顿热腾腾的家常菜，难过的时候能跟我妈唠唠嗑，闲暇时也能陪着我妈去村子口看老爷子下棋，看大妈们跳舞。

我还能带我妈去商场买衣服，她穿了大半辈子的旧衣服，我想给她张罗几样上得了台面的东西。

而且我妈这些年身体也越来越不好了，她孤身一个人在老家，晚上去厂里上夜班总是忘东西。有次没带钥匙和手电筒就出了门，一不小心就掉进了泥坑。

我放心不下她。

辛羽一句句语音发过来，听到最后一句，我原本还想劝说的话在喉咙里滚了几圈，最终咽了回去。

我说，你其实可以把你妈接过去的。

刚说出口，我就开始嘲笑自己的天真，于是忙改口：不过，阿姨可能会不适应，毕竟她在老家那边还能有份工作，还能随时去左邻右舍串串门。

辛羽笑了。我们聊起近况，聊起少不更事时做的种种傻事，还聊起谁和谁的八卦。聊到最后，辛羽说：

你一个人在外，也要照顾好自己。

我说好。还约定今年寒假回去要和她同床共枕，煮个火锅，喝点小酒，看部电影，聊到不醉不睡。

也突然发现，年少时我们一起在合欢树下许下的诺言，那些轻狂早已被时光磨平了棱角。我们越来越懂得折中，越来越学会温和。

我不知这是好是坏。

因为谁也不能让当初的自己指着现在的自己说：你的眼界呢，你的世面呢，你的傲气呢，你的……梦想呢？

叶灵昨天在群里说：我国庆要回去，你们几个在的话咱们约一局。

我说：约约约，你一年回来一趟不容易，此次不约，更待何时呀！

叶灵自从大学毕业后就留在了重庆，她是她爸一手拉扯大的，所以去年春节把他爸接到重庆过了年，也就没再回老家。每年国庆长假她会回去看望奶奶，还有就是找我们几个老友叙叙旧。

我之前问过叶灵：你在外面想不想家？

叶灵说：想，可光想又能怎么办，我又没能力把我爸接过来，可也不想回老家工作。小墨，很多事，不能两全。

我知道。

所以，我一直想在离家近的城市找一份工作，既能相对较快照顾到父母，又能不违心困在小镇。可这依旧是一个很难的抉择，因为只要不是住在家里，回家的时间肯定是少之又少。

以前我总是能在电视上听到一首《常回家看看》的歌，到如今还会哼几句：常回家看看，回家看看，哪怕给妈妈刷刷筷子洗洗碗，老人不图儿女为家做多大贡献呀，一辈子不容易，就图个团团圆圆。

然后那时我在家里哼唱，我妈就笑话我：你要把这歌词记进心里，别以后离家了就忘了。

印象很深的还有一个电视上的公益广告：一个老人过节做了一大桌子的菜，等着儿子女儿一大家人团圆，结果大家有事都没来。老人站在空荡荡的老宅里，挂断的电话声嘟嘟嘟地响着，他只能无奈叹气说：忙，忙，都忙……

嗯，我们从小忙到大，总是忙得忘了回家。

小时候，我们忙着出去和小伙伴玩游戏，天黑了才肯回家。

长大后，我们忙着学习，忙着聚会，忙着赶作业，总是喜欢用门挡住父母关心的步伐。

离家后，我们忙着谈恋爱，忙着社交；放假回家又忙着约朋友，忙着看电视，忙着玩电脑，于是父母把洗好的水果放在房间，欲言又止地关上了门。

上班了，我们更忙了，我们似乎也已经找不到时间回家，一年回去两三次也被旁人夸有孝心，父母有福气。

可是，见一次，少一次。

去年有一道"亲情计算题"很火：假如父母再活30年，假如自己平均每年回家3次，每次3天，总共9天，减去应酬、吃饭、睡觉等时间，真正能陪在父母身边的大概只有45小时，30年总共才1350小时，差不多两个月。

可有些人，甚至一年回去不了9天。

其实，回到阿瑶之前提出的那个问题，我并不是说，我们不能离家去外面工作，也并不觉得常年陪在父母身边就一定是好事。

因为有时越是亲近的人，待在一起久了越会矛盾重重，更何况父母和孩子之间隔了一代，很多想法和观念差异很大。

我想说的是，你可以选择回到父母身边，就像辛羽，自己不会那么孤单，也能照顾父母，如果父母条件殷实，还能庇护到你。

但你也会遇到很多的困惑和受到拘束，你甚至会觉得周遭的环境总是无形中让你不自由。

你也可以选择离家远行，一个人去大城市打拼，去追梦，去见更广阔的天地。

但你也要承受得起随之而来的压力和苦楚，更要时刻记得回家的路。

没有什么选择是万全的，也没有什么选择是不需要割舍的。

我们大多数时候选择的，无非是内心觉得价值相对较高的那个选项，所以需要百般衡量，也才会百般苦恼。

这是人在这世上必经的磨难，但所有的选择都不离其宗，那就是忠于自己的内心。

所以，阿瑶，我并不能帮你做出任何一个选择，我只能给我自己做出选择。

但如果你和我一样选择了后者，那么如此有孝心的你一定也会常回家看看，中秋能够陪父母赏月吃饭，嗑瓜子聊天。那场景，想必就是每个父母心中的天伦之乐。

今天的夜深了，希望你明天记得回家的路。